岡山の文学

令和五年度岡山県文学選奨作品集

はじめに

岡山県文学選奨は、文芸創作活動の普及振興を図るため、昭和四十一年に創設されたもので、今回で五十八回を迎えました。審査員をはじめ関係の皆さまには、作品の募集から選考、作品集の発刊に至るまで、格別のご理解とご協力を賜り、心から感謝申し上げます。

この文学選奨は、文芸を志す県民の皆さまにはひとつの目標になっており、今回も、小説A、小説B、随筆、現代詩、短歌、俳句、川柳、童話・児童文学の八部門に、幅広い年齢層の方々から三百六十二点の応募をいただきました。日々の暮らしや身近な題材を描き出したもの、現代社会の抱える問題をテーマにしたものなど、いずれの作品も、豊かな感性を多彩な表現力で捉えた力作ぞろいでした。

本書は、これらの中から選ばれた入選三点、佳作三点、準佳作三十三点の合計三十九点の作品を収録したものです。

文化芸術には、心を豊かにし、暮らしに潤いや生きる喜びをもたらしてくれると同時に、地域を元気づける力があります。県では、すべての県民が明るい笑顔で暮らす「生き活き岡山」の実現に向けて、「第三次晴れの国おかやま生き活きプラン」の下、文化の薫りあふれる魅力ある地域づくりに力を注いでまいりたいと存じます。

この「岡山の文学」につきましても、県民の文芸作品発表の場としてさらに充実を図り、地域文化発展の一翼を担うものとしたいと考えております。

本書を、多くの県民の皆さまがご愛読くださいますよう念願し、発刊に当たってのごあいさつといたします。

令和六年三月

岡山県知事　伊原木　隆　太

岡山の文学・目　次

目次

短歌

俳句

川柳

目次

装幀　高原　洋一

小説B

■佳　作

親父のぶどう

山原　智也

小さい頃から親父が苦手だった。嫌いではないと思う。どちらかというと、怖い。親父の前に出ると、蛇に睨まれた蛙みたいに身がすくんでしまう。

「何をしにきたんなら」

家の前に立ち、ぎろりとこちらを睨みながら、低い声で呟く。背筋が冷えるのは、冬の寒さのせいだけではないだろう。

身長は俺より頭一つ低い。髪は真っ白で、日によく焼けた肌をしている。もう七十を超えているが、迫力は全く衰えていない。幼い頃からの恐怖が、五十近くになっても消えていないせいかもしれないが。

「腰を痛めたと聞いたから、様子を見に」

「いらん」

い・ら・ん。たった三文字だ。短い言葉から、拒絶の意思を色濃く感じてしまう。

「母さんに挨拶したら、帰るよ。家に入れてくれ」

「勝手にせえ」

そう言うと、家の中へ入ってしまった。動けば腰が痛むだろうに、痩せ我慢しているのも親父らしい。

とにかく親父は全く変わっていないようだ。

「お帰り。遠いところ、お疲れ様でした」

玄関に入ると、お袋が迎えてくれた。ようやく気持ちが緩む。県南部の自宅から県北の山間部にある実家までは、車で二時間ほどの距離だ。運転を終えて早々に親父に出くわしてしまったので、一息つく暇もなかった。

「親父は歩いてて大丈夫なのか？」

「私も心配だったけど、検査の結果、とりあえず大丈夫みたい。激しい運動をしなければ問題ないだろうって」

高齢者にとって怪我は一大事だ。お袋から農作業中に怪我をしたと連絡を受け、とにかく様子を見てみようと帰省したが、思ったより元気そうに見える。

「まあ、たいしたことなさそうで良かったよ。仕事も問題無さそうだ」

「ええ、お医者さんは少し休むよう言っているけど、本人は動きたくて仕方ないのよ」

親父はぶどう農家だ。ぶどう作りの名人として、その筋では有名らしい。東京や海外にも親父を指名して注文してくる顧客がいる。

「動いてる親父を見たら、安心したよ。明日も仕事だから帰るわ」

「何言ってんの。久しぶりなのに、もうとんぼ返り？お茶入れるから待ってて」

お構いなくと言おうとしたが、その前に台所へ行ってしまった。仕方なく靴を脱ぎ、奥へと向かう。

大学への進学以降、実家には数えるほどしか戻っていない。あまり変わらないように見えるが、壁の染みや色褪せた家具が、経過した時間を教えてくれる。居間に炬燵が出してあったので、遠慮なく入らせてもらった。こちらの寒さは県南よりも身に堪える。

「お待ちどおさま」

お袋がお茶とお茶受けのお菓子を持ってきてくれた。礼を言って、菓子を口に運ぶ。

「お菓子、あんたの好きなやつだから。用意しておいた甲斐があったわ。もっと気軽に顔を見せてくれたらいいのに」

「忙しくて」

これは言い訳だ。本心を悟られたくなかったので、下を向いて黙ってお茶を飲んだ。

不意に外で強い風が吹き、窓ががたがたと鳴った。山あいにあるこの地域は、冬季にこうして強い風が吹くことがある。

「嫌ねえ。家も古いのに、勘弁してほしいわ」

「この風は嫌いだ」

「あんた、そう言えば昔からこの風が吹いた時に顔をしかめてたねえ」

お袋の顔を横目に見る。風そのものも嫌いだが、風が吹く音ぐらいしか聞こえないこの町の静けさも好きではなかった。それは今も変わらないように思う。

物思いにふけっていると、不意に居間の襖が開き、親父が顔を出した。

「出かけてくる」

「あら、駄目ですよ。安静にしてないと。治るものも治りませんよ」

「仕事もせず、家におる方が気が滅入る。カヤを刈らんといけんから。行ってくる」

そう言うと、親父は玄関の方へ向かった。しかし、数歩歩いたところで「痛え…」とうめき、腰を押さえる。

「やっぱり。無理しては駄目ですよ」

「しとらん。行く」

親父は昔から頑固で、言ったことは曲げない。お袋は困った顔をしていたが、仕方ないわねという表情で、俺の方を見た。

「俊昭、一緒に行ってくれる?」

軽トラの運転席に乗り込み、座席位置やミラーの角度を調整する。腰を痛めている人間に運転はさせられないので、俺がやることになった。エンジンをかけ、しばらく待っていると親父とお袋が玄関から出てきた。

「余計な気を使うな」

「いいから、いいから」

お袋に背中を押され、親父が助手席に乗り込んできた。腰の負担を和らげるクッションを敷いて座り込み、シートベルトを締める。こちらの方は見ないし、何も言わない。

「じゃ、車出すよ」

返事はない。手を振るお袋に見送られながら、奇妙なドライブが始まった。

どうしてこんなことに？


カヤというのはススキの一種だ。この地域では冬の間にカヤを刈って、乾燥させた後、細かく刻んでぶどう畑に撒く。有機肥料としての働きが期待出来る他、表面の土を覆ってしまうことで、畑の温度・湿度を一定に保てるのだ。今向かっているのは、親父が毎年利用しているカヤの群生地である。

「………」

「………」

気まずい。ナビもしてくれないので、道が合っているのか、はっきりしない。時々止まり、お袋の書いてくれた地図を確認する。山道をしばらく走ると、先端に穂のついた背の高い植物が見えてきた。

「着いた」

「ん」

それだけ言うと、車から降りていく。お袋に乗せられて引き受けたが、やはりやめておくべきだったか。そう思っていると、軽トラに積んであった鎌を俺に手渡した。

「刈れ」

「え、俺？」

「お前しかおらんじゃろ」

確かに親父は腰を痛めているので、刈るとしたら俺しかいない。しかし、最初一人で行くと言っていた時は、どうするつもりだったのか。腑に落ちないが、軍手をはめ、鎌を手に持ち、作業に移る。

「何をしよるんなら。鎌はノコギリじゃあねえ。ギコギコやったところで切れんわ。刃を根元にあてて、一気に手前に引くんじゃ」

「分かった。分かったよ」

喋り始めたと思ったら、説教。言いたいことだけ言うのは昔からだ。こうなると、何を言っても無駄なので、黙って手を動かした。

何本かのカヤの根元をまとめて掴み、鎌で切り倒す。カヤの茎は細いので、切ること自体は難しくない。ただ、問題は切り倒すカヤが膨大にあることだ。

「これ、どれくらいやればいいんだ」

「全部じゃ」

思わず天を仰ぐ。群生地の広さからして、軽く見積もっても一時間はかかる。貴重な休みを浪費している気がするが、黙って手を動かした。


腕の疲労に耐え、腰の痛みに耐え、ようやく最後のカヤを刈り終えた頃には、日が沈みかけていた。山間部の日暮れは早い。本格的に暗くなる前に終わって、ほっとした。

「刈ったやつはまとめて地面に置いとけ。乾いた頃に取りに来るけえ」

「そうかい」

少し苛立ちの混じった声で返す。こんな作業をするとは思っていなかったので、普段着が草まみれ土まみれだ。ひどく汗をかいている。寒さで風邪をひく前に着替えたい。

「助かった」

振り向くと、親父は背中を向け、軽トラに乗るところだった。今のは親父が言ったのか。思わぬ一言にしばし固まっていた。

「早よせい。帰るぞ。寒い」


実家に帰ると、お袋が風呂と夕食を用意してくれていた。体が温まり、腹も満ちたのはいいが、そうなると眠気が襲ってくる。少しずつ休憩を入れながら、車を運転し、自宅に着いた頃には、十時をとうに過ぎていた。

「仲直り出来たのね。良かったじゃない」

今日一日の出来事を聞いた上で、我が妻、美香の第一声がこれである。物事の良い面を見られるのは彼女の長所だが、シンプルに片付けられてしまったような気もする。

「喧嘩していた訳じゃないよ。こちらが一方的に苦手意識を持っていただけだから」

「でも久しぶりにお話出来たんでしょう。それはいいことよ」

美香はあくまでポジティブだ。水を差す気にもならず、話題を逸らすことを決めた。

「最近、陽奈から何か連絡はないか」

美香は洗濯ものを畳む手を止め、黙って首を振った。東京の専門学校に進学して以来、一人娘の陽奈とは疎遠になっている。

「後悔してる？」

「していないと言えば、嘘だな」

「もったいぶった言い方ね」

悪かったなと言いつつ、頭を掻く。陽奈は幼い頃から漫画を読むのが好きだった。好きだけなら良いが、こちらが驚くくらいにのめり込み、遂には専門学校で絵の勉強をして、漫画家になると言い出した。

夢を追う気持ちも分かる。しかし、親としては子どもが困難な道を選ぶことにどうしても抵抗があった。学費は出すので、まずは普通の大学に行くことを提案したが、陽奈は譲らなかった。これほど強い意志を持った子だとは、正直気がついていなかった。話し合いの末に専門学校に行くことを許したが、それ以来ほとんど口を利いてない状態である。

「どうすれば良かったのかな」

「私にも分からないわ。あなたの思いと陽奈の思い、どちらも理解出来るから」

美香は一度目を伏せた後、こちらを見た。

「なるべく後悔しないよう選択して、行動する。結果がどうあれ、それしかないんじゃないかしら」

「後悔しないようにかあ」

美香の言葉を聞きながら、腰をさする親父の姿を思い出していた。


ぶどう畑に何列か細いパイプを立てる。そして、そのパイプ同士を繋ぐように鋼線を渡す。これがぶどう棚である。ぶどうはツル性の植物であり、枝を這わせるために支えが必要となる。張り巡らされた鋼線に沿って、枝を展開させていくのだ。

そして、棚にはビニールハウスの骨組みを小さくしたようなアーチをつける。これが雨除けである。ぶどうは雨がかかると、病気になりやすい。だから、アーチにビニールを張ることで屋根を作り、雨を防ぐのだ。

ビニール張りは春に行う。かなり体力が必要な作業だ。腰の癒えていない親父とお袋だけでは難しいだろうと思い、手伝うことを決めた。そのはずだったのだが。

「いてて……」

畑の隅っこで足を押さえ、横になる。服がカヤと土で汚れたが、気にしていられない。

「大丈夫？　病院行く？」

お袋が心配そうにこちらを見る。作業を始めてすぐに足を捻ってしまった。じっとしていれば大したことはないが、動くと痛む。

「大したことないよ。少し休んでいれば、痛みも引くと思う」

でも……とお袋が言いかけたところで、親父の声が飛んできた。

「京子、中村先生のとこに連れてっちゃれえ。土曜じゃけ午前中はやっとるはずじゃ。こっちは浩輔が来たら、一緒にやっとく」

「分かったわ」

お袋が手を貸そうとしたので、流石にそれは断って、立ち上がる。親父に一言謝ろうと思ったが、こちらを見ることもなく作業に没頭しており、声をかけられるのも憚られた。

足をかばいつつ、軽トラの助手席に乗る。手伝いどころか、とんだ足手纏いだ。

「ごめんな。お袋」

「いいのよ。気にしないで」

お袋の運転で軽トラは動き出した。舗装されていない山道を下って行くので、揺れるたびに足が痛む。ひどく惨めな気分だ。

「あんな態度だけど、気にしないでね。俊昭が手伝いに来てくれたこと、本当は喜んでるのよ」

お袋のフォローはありがたいが、気分は落ち込んだままだ。空気を変えたくて、気になることを聞いてみた。

「親父が言ってた浩輔って誰？」

「北本浩輔君よ。ほら、あなたと中学校で一緒だった」

そう聞いて、毬栗頭で日に焼けた野球少年が頭に浮かんだ。そうか、あの浩輔か。しかし、待てよ。

「浩輔、帰ってきてるのか。県外の名門校に進学して、プロを目指してるって聞いたのが最後だけど」

「高校で、なかなかレギュラーを取れなくてね。結局プロにはなれなかったらしいの」

　中学時代の浩輔は、打撃の天才として有名だった。わざわざこんな田舎に高校からスカウトが来たと噂になったものだ。

「いろいろな仕事をしたけど、今はこちらに戻って、ぶどう農家をやってるわ」

「そうなのか」

　そう聞いて、安堵している自分が嫌いだ。自己嫌悪を胸に抱きながら、小刻みに襲ってくる痛みに耐えていた。


　自分は田舎に住んでいると分かったのは、中学生の頃だ。修学旅行で出かけた東京は、何もかも目新しいもので溢れていた。

　見たこともない料理が出てくる綺麗なレストラン、大きくて立派なホテル、そしてどんな場所でもたくさんの人がいて、とても賑やかだった。国会議事堂やら東京タワーやらを見学した記憶はあるが、自分には東京そのものが一番の衝撃だった。

　そして、地元に帰る。レストランやホテルどころか、商店すらまばらだ。どの建物も年季が入っていて、壊れたところを修理しながら使っている。人もほとんどいない。ただ、風が吹いている。冷たい風の音だけが聞こえる場所で生きている。これが自分にとっての現実なのだ。


　親父には、小さい頃からぶどう作りを叩き込まれた。とても怖い先生だった。ただ、ぶどう作り自体は嫌いではなかったと思う。細かい作業をするのはむしろ好きだった。

　しかし、修学旅行の後からは、少しずつ怖くなった。こうやって上達していくことが、自分の未来を決めていくことではないか。自分が田舎のぶどう農家になることを、自分で決めているのではないだろうか。

　一度考え出すとキリが無い。高校に入ってからも、その考えが離れず、だんだんと耐えられなくなった。

地元を離れ、東京の大学に進学したいと親父に伝えたのは高二の頃だ。

元々厳しい親父だが、その話をした途端、火をつけられた牛のように怒り出した。

「ここに住んで、ええぶどうを作れば、ええ値で売れる。なんも心配いらずに、暮らしていける。それがなんで分からんのなら」

親父は何度もそう言った。ぶどう作りは、親父の人生だ。人生をかけた大切なものを俺に譲ろうとしてくれている。それは分かっていたが、それを受け入れることに納得できない自分がいたのも、また事実なのだ。

「もうええ。勝手にせえ」

何度かにわたる話し合いと口論の末に、親父はそう言った。それ以来、親父と俺との間には深い溝が生じている。

それなのに、今はこうして親父を手伝っている。歳をとり、子供も出来て、知らぬ間に考えが変わったのだろうか。あるいは密かに感じていた申し訳なさへの気休めか。考えても分からなかった。


初夏。五月の初め。

親父の腰は相変わらずのようなので、月に二、三度は作業の手伝いに来ている。今日も作業用の服に着替えて、実家の裏にある畑へ出ると、親父が俺を待ちかまえていた。

「ちょっと来い」

「どうしたんだ、親父」

ええからと言う親父に黙ってついていく。畑の隅の方に来ると、ぶどう棚の一角を指差して、こう言った。

「お前、このあたりの摘粒をやってみい」

ぶどうの花は五月の終わり頃に咲く。花が散ったら、実がつき始め、ぶどうの房が形成されていく。ただ、そのまま成長したのでは房の形が不恰好なため、何度かに分けて房の形を整えてやる必要がある。これが摘粒だ。

「俺に任せていいのかよ」

摘粒は、房の外観や食味に関わる重要な作業だ。摘粒の出来がぶどうの価値を大きく左右する。俺なんかに務まるとは思わない。

「教えたじゃろうが。子供の頃」

親父はこともなげに、そう言った。確かに子供の頃、熱心に教えてくれた記憶はある。しかし、三十年も時間が空いていて、そのまま出来る訳がない。

「やるか。やらんか」

「分かった。やるよ」

「そうか。しっかりな」

それだけ言うと、親父は去っていった。

軍手をはめた手を握りしめる。親父に試されているような気になって、つい意地を張ってしまった。我ながら子供だと思う。ただ、任せてくれた嬉しさも確かにあった。親父が何を考えているか分からないが、やれる限りやってみたい。

摘粒で重要なのはイメージだ。出来上がりの房の形を想像して、そこからの逆算で作業を行う。余計な果粒を取り、綺麗な房になるよう全体を整えていく。

根気がいる難しい作業だ。仕事を調整して休暇を取り、作業に行ける日数を増やした。やり方を思い出すため、図書館やネットで資料を探した。

親父にもいろいろ尋ねた。最低限のことは教えてくれるが、いつも最後には「勝手にせえ」で終わる。任せてくれたのか、放置されているのかは微妙なところだ。仕方がないので、今日も親父が摘粒をしたぶどうを盗み見つつ、作業を行っている。

「俊昭」

声に振り向くと、お袋が立っていた。そして、自宅にいるはずの美香が隣にいる。

「頑張っているから、差し入れに来たよ」

「美香ちゃん、シュークリーム持ってきてくれたのよ。コーヒー入れてあげるから、一休みしな」

シュークリームは俺の好物だ。少し疲れていたので、おとなしく言う通りにする。先に家へと向かったお袋を追おうとすると、美香が近くに寄ってきた。

「陽奈から連絡あったよ」

思わず美香の顔を見つめる。美香と陽奈が連絡を取り合っていたのは知っていたが、それをこちらに伝えてきたのは初めてだ。

「何か言ってたか」

「元気でやってるって、伝えてくれって。それだけ」

「そうか」

元気でやってる。それが分かっただけでも良かった。関係を改善したいが、おそらく何かきっかけがないと難しいだろう。

そう考えながら歩いていると、実家に着いた。親父は縁側に座り、シュークリームにかぶりついている。酒も飲むのに、甘いものも食べる。元気な親父だ。

「こいつは美味いな。結構なものをありがとう、美香さん」

「いえいえ、どういたしまして。喜んでもらえたなら、良かったです」

美香は微笑みながら、そう言った。親父はお袋が入れてくれた茶を美味そうに飲むと、ほうっと一息ついた。

「美香さん、陽奈は元気にしとるかな」

「ええ、東京で頑張ってるみたいですよ」

「そうか、そりゃあええ」

親父が笑った。笑った表情なんか見たのはいつぶりだろうか。そう思いながら、自分もシュークリームにかぶりついた。

摘粒の後、ぶどうの房には袋をかける。病気や鳥獣から房を守るためだ。袋を開けて、中身を確認することも出来るが、基本的には収穫まで開けることはない。摘粒の結果が分かるのも収穫直前だ。

そして、秋。収穫を始めるため、袋を開けた俺は落胆した。自分が摘粒を行った房は、歪な形になっていて、粒の大きさも不揃いだ。房ごとに形もバラバラで、見た目が美しくない。きちんとした逆三角形に揃えられた親父の房とは雲泥の差だ。

「すまない、親父。任せてくれたのに。上手く出来なかったよ」

傍にいる親父に謝る。親父はしばらく房をじろじろと見つめていたが「気にするな」と小さく言った。

「元々お前に任せたところは、うちで食べたり、親戚にやったりする用にしようと思っとったからな。これで充分じゃ」

「そ、そうか……」

その言葉に安堵しつつも、何故か落胆している。自分の気持ちに納得出来ないまま、収穫のため、手を動かすのだった。

大学に進学した後、様々なことに手を出した。小説、演劇、音楽、どれも中途半端で何一つ手につかなかった。

焦っていたのだろう。田舎に住んでいた自分から、価値のある何者かになりたかった。そして、誰かに認められたかった。

若気の至りと言えばそれまでだが、芯の部分では今でも変わっていないように思う。結局、何者にもなれないまま、漂っているだけなのか。

「俊昭」

お袋の声に我に帰る。朝の収穫が終わり、選果場にぶどうを運びこんだ後、実家で一休みしていた。考えごとをしていたら、いつの間にか、のめり込んでいたようだ。

「お昼、出来てるよ。食べにおいで」

「ああ」

「考えごと？」

お袋にはお見通しのようだ。はっきりしない部分もあるが、思いつくままを言葉にしてみることにした。

「親父はすごいなと思ったよ。ずっと一つのことを極めてきて。今ではぶどう作りの名人なんて呼ばれている。中途半端な俺とは違うな」

愚痴のような言葉をお袋は黙って聴いていた。俺が話し終わると、少し間を置いて微笑み、口を開いた。

「お父さん、昔牛を飼ってたのよ」

「え？」

急に何を言い出すのか。何故このタイミングで、そんな話を。戸惑う俺を見て、お袋はまた笑った。

「お父さんの家系は代々続く牛飼いだったの。ご両親が早くに亡くなって、二十歳になるか、ならないかくらいの時に、跡を継いだわ。でも、上手く出来なかったの。どうやって牛を育てたらいいか分からないって、いつも悩んでいたわ」

親父にそんな時代があったのか。今からは想像出来ない。

「結局にっちもさっちもいかなくなって、牛も牛舎も親戚に譲り渡したの。結婚してあなたが生まれたばっかりだったのに、無職で無一文よ。どうしようかと思ったわ」

「じゃあ、ぶどうの栽培を始めたのはその後なのか」

「ええ、とにかくお金を稼がなくてはいけないから、知り合いのぶどう農家を手伝い始めたのがきっかけよ。名人なんて言っても始まりはそんなものよ」

お袋は昔を思い出すかのように少し上を見上げ、それから真剣な顔でこちらを見た。

「大学進学について言い争ったこと、お父さんは後悔していたわ。やりたくもないことを押し付けられて、自分と同じような立場にしてしまったのではないかって」

「そんなことない。ぶどう栽培自体は好きだよ。俺が悪いんだ。俺のわがままだよ」

「お父さんも同じようなこと言ってた」

お袋はまた笑顔になった。

「でも、お父さんも年だから、怪我をした後は精神的に弱ってたみたい。だから、俊昭と一緒に作業出来て、嬉しかったはずよ」

「足を引っ張っていたと思うけどね」

「そんなことないわ。お父さん、俊昭が摘粒した房を見て、喜んでいたもの。不恰好だが、面白い房を作るって。流石はわしの息子だって、褒めてたわよ」

そんなことを言っていたのか。胸の奥がじわりと熱くなる。

「腰なんて、とっくに治ってるのにね。一緒にやりたいものだから、言い出せないの。本当に素直じゃないんだから」

「え」

戸惑う俺を尻目に、お袋は部屋を出た。

「ご飯、冷めるわよ。早く食べましょう」

秋深く、収穫作業も終わりに近づいたある日の夜。俺の携帯が鳴った。陽奈からの着信だ。慌てて電話に出る。

「もしもし」

「私」

そっけない口調。だが、陽奈の声だ。

「げ、元気か？」

「まあね。そっちは？」

「ああ、元気だ」

久々に声を聞けた安堵感はある。ただ、何故電話してきたのだろう。

「ぶどう、美味しかった」

「え、ぶどう？」

訳が分からない。なんのことだ。

「お母さんが送ってくれた。おじいちゃんとお父さんが一緒に作ったぶどうだって。おじいちゃんからの手紙も入ってた。不恰好かもしれんが、俊昭が精魂込めて作ったものだから、食べてやってくれって」

「そ、そうなのか……」

初耳だ。そんなことをやっていたとは、全く知らなかった。

「面白い形だし、味も良かったよ。ありがとう」

「そ、そうか。そう思ってくれたなら、良かったよ」

話しながら、気持ちが軽くなるのを感じていた。自分がやってきたことが、誰かに伝わる。それは素晴らしいことだ。陽奈もこんな風に考えて、漫画家になることを決めたのだろうか。

「なあ、陽奈。今度陽奈の描いた漫画を読ませてくれよ」

「いや、親に作品見せるとかあり得ない。マジでないから」

そう言った後に、いいのが描けたらねと続いて、電話は切れた。

晩秋。最後の収穫が終わった。

選果場に行った後、片付けをして実家に戻る。お袋は農協女性部の集まりがあるので、今は親父と二人きりだ。昼食に何か作ろうかと思っていると、親父が一升瓶と猪口を出してきた。

「飲むか」

「いいのか？　昼間だぞ」

「母さんの許可は得とる」

そう言って、酒の準備を始めた。仕方ないので、半分食事、半分酒のつまみのようなものをこしらえて、食卓に並べていく。

一通り準備が整ったところで、二人とも席についた。お互いに酒を注ぎ、かちんと猪口をぶつけ合い、酒を口に運んだ。

「よく頑張ったな」

その声に親父の方を見ると、素知らぬ顔で酒を飲んでいる。

親父と一緒にぶどうの世話をして、一年足らず。とても濃い時間だった。今でもまだ苦手意識はあるが、それ以上に親父のことをたくさん知った気がする。

「親父、来年も手伝いに来ていいか」

「勝手にせえ」

そう言うと、親父はまた酒を飲んだ。

外で冬の始まりを告げるような冷たい風が吹く。寒い冬の訪れを予感するが、今は不思議と、嫌な気持ちはしなかった。

随筆

■佳作

星雲のセレンディピティ

田中　享子

「おはようございます。今日は今年最大の幸運日なんですよ」

「素敵。うわ、どうしましょう」

「何か始めるといいらしいですよ」

「新しい財布を使い始めるとか」

「いいですね。当たるも八卦、当たらぬも八卦ですけど」

「あら、八卦ってどういう意味ですか」

「じゃあ朝の一曲を」

いつものタイミングだ。答えらしきものを求めるところで曲が始まる。軽妙なラジオパーソナリティの掛け合い。通勤の車の中で聞くのが朝の習慣になっている。テーマを振るのが男性パーソナリティ。それを受けて、わからないことを質問するのが女性パーソナリティ。その質問に答えることなく朝の一曲が始まり、曲が終わると話題は次に移っている。

「最大の幸運日」か。しかも「この月の生まれの人にとっては」とか限定はされていない。万人にとっての最大の幸運日になるということかと思っている間に、職場の駐車場に着く。今朝の一曲はユーロビートだ。規則正しく刻まれるアップテンポのリズム。子供たちが小学生だった運動会、この曲でパラパラを踊っていた。ミッキー風の衣装を着て。懐かしいリズムを身体に刻みながら、車をバックで駐車する。定位置に停めると、フロントガラスから朝日が射し込む。眩しさに目を閉じる。そしてそのまま、目は開けない。

深呼吸をすると、ラジオから流れてくるリズムの隙間に、駐車場の木々のざわめきや鳥の鳴き声が滑り込んでくる。瞼の中で光が輪を描く。閉じたまま、いつもの瞑想を始める。いや、瞑想とは名ばかりでいつも雑念だらけだ。雑念だらけでも、この瞑想もどきの時間は出勤前の必要不可欠な儀式になっている。

車を停めて、すぐに車から降りて、職場へと向かうことができない精神状態がもう二年以上続いている。ため息の増えた日々。職場の駐車場で心を整えなければ車から降りられない。まるで登園したくないと駄々をこねる園児のようだ。でも園児には抱きしめ、そして背中を押してくれる保護者と、両手を広げて待っていてくれる先生がいる。大人になってしまうと、その二役を自分で自分の中に作らなければいけない。ざわつく心を抱えながら深呼吸を繰り返し、とにかく仕事以外のことに思いを巡らせる。そのトリガーになるのが朝のラジオだ。ぼんやりと聞く時間が、自分の背中を自分で押し、両手を広げて自分を受け入れるための時間になる。

今朝気になったのは「八卦」だ。聞き慣れた言葉。「当たるも八卦、当たらぬも八卦」と小学生の頃の私は口にしていた。「八卦」は占いという意味だ。呪文のような言葉を唱えながら、私は何をしていたのだろう。傍らには父がいた。書斎の黒い文机。机上には筒状の入れ物の中に細い木の棒がたくさん入っていた。その横には一口羊羹のような形をした木が六個。机には白い紙。その紙の中央には時計盤のような円が描かれていて、円の周囲に秒針を刻むような感じで小さい漢字がびっしりと書かれていた。それらは「易」という占いに使う道具だった。父は占いを生業にしていたわけではないけれど、興味が湧いたことには徹底的にのめり込む性質の人だった。とにかく専門書を買い込み読破し、そして必要なものは購入する。

棒は筮竹《ぜいちく》。羊羹のような木は算木《さんぎ》。時計盤のような円は八卦図。そこには森羅万象、宇宙にあるすべてのものが表現されているという。それらを小学生の私が触っても嫌がらず、むしろ使い方を教えてくれようとする。手をきれいに洗ってから丁寧にすべての筮竹を持ち、「当たるも八卦、当たらぬも八卦」と唱えながら数本ずつ抜いていく。しばらくは遊びのように楽しんでいたけれど、意味は全く理解できなかった。筮竹のひんやりとした手触りと擦り合わせる時のじゃらじゃらと木が奏でる音、算木を定位置に置くきっぱりとした音、それらすべてが心地良かった。当時のことで唯一覚えているのは父が教えてくれた糊の話だ。お道具箱に入っている黄色の入れ物の糊。その名前である「フエキノリ」は漢字で書くと不易糊。でんぷんで作るため腐りやすかった糊を腐らないように加工してできた糊なので「変わらない」という意味の「不易」にしたのだと。肝心なことよりそういった枝葉の話の方が記憶に残っているから不思議だ。「易」をしながら、八卦図の円に、父は何を見たかったのだろう。

瞼越しに感じる朝日の角度が変わる。ラジオは天気予報を告げている。はっと我に返る。心のざわつきは減っている。エンジンを止め、助手席に置いてあるいろいろと詰め込みすぎたトートバッグの中身を確認する。不安なことが多い人はその不安の分だけ荷物が増えるとは昨日のラジオのネタだった。何だか可笑しさが込み上げてくる。

ゆっくりと車を降りる。空を見上げる。高層ビルが周囲にはなく、駐車場の上の空は清々しい程に広い。ぐるりと見回し、空の端から端までその色を確認し、わかる範囲でその色の名を口にする。肩にトートバッグの持ち手が食い込む。今日は最大の幸運日らしい。どうか万人に幸せが行き渡り、穏やかな日になりますようにと薄花色の空に向かって願わずにはいられなかった。

職場は街中の診療所だ。内科小児科のためコロナが日本に入ってきてから、仕事内容は一変した。朝早く出勤し、帰宅できるのは夜のいつになるかもわからない日々。スタッフの退職も相次ぎ、受付や会計業務ができるのは私一人になった。今までの通常業務に加えて、徹底した消毒作業や発熱外来の段取り、コロナ公費の登録等々やるべきことが満載で、そのやるべきことが雪だるま式に日々増え続けていった。そして何といっても職場を変えてしまったのは、鳴り止まない電話だ。とにかく問い合わせが増えた。ＰＣＲ検査と抗原検査の違い、検査は鼻からか、痛みはあるのか、検査にかかる時間、検査結果は当日中か、発熱からどの位経って受診すればいいのか、症状がなくても検査はできるのか、検査費用は等々。検索する方法が豊富にあるこの時代、質問に答えると「自分が検索した内容と違う」と言われ更に説明に時間がかかる。情報が溢れる程、真偽の取捨選択が大変になっていくのかもしれない。検索する術をあまり持たない高齢者の方よりも、若い世代からの問い合わせ電話が多い。それに加えてコロナワクチンの予約やワクチンへの質問の電話。もちろん通常の乳幼児の予防接種や健診予約の電話もかかってくる。

電話がつながりにくいことへの苛立ちか、電話にでた途端に罵詈雑言を浴びせられることもある。顔の見えない相手から、怒りの矛先が一方的に向けられることの恐ろしさに受話器を持つ手が震える。いや割合的には怒りよりも不安や焦りの電話の方が多い。その気持ちを受けて、丁寧に対応していく。相手にとっては短い時間でも、その説明にかけた時間が後の業務へのしわ寄せとなる。そのため診療時間が終わると、その日のレセプト点検や経理が山積みになっている。使用した薬の在庫確認や発注。レジのお金を確認し消毒。明日の釣銭の準備や名もなき事務作業の数々。一人でやる限界はすでに超えているけれど、どこが限界点なのかさえ、もはやわからなくなっていた。やらなければいけないことに追い詰められていき、とても平常心ではいられなくなった。電話が常に鳴っているような感覚が消えない。一日の密度の濃さが、一日一日の境界線を曖昧にする。夜が来て朝が来て、職場の駐車場に着く。日曜日に発熱外来まで始まり、曜日の感覚も麻痺する。それでも受付は私一人だ。辞めるとか休むという選択肢は浮かばない。

最高の幸運日の今日も、電話対応に追われながら立っていると、定期受診されているA子さんが入って来られる。いつものように優しい笑顔で、ゆっくりとお辞儀をされて、受付に。受話器を持つ私はA子さんと目を合わせ、頭を下げる。A子さんは声を出さずに、受付カウンターの上に両手で保険証をそっと置く。その一連の思いやりあふれる動作といつもとは違う保険証の色に、思わず「あっ」と声を出してしまった。その声に恐縮したA子さんが「ごめんなさい。電話中に」と言い、その声が聞こえた電話の方が「ごめんなさい。長々と話してしまいました」と言い、それを受けて私が「申し訳ありません。電話の途中に」と応える。その先もA子さんと電話の方と私の三人の「ありがとう」と「ごめんなさい」の声が交錯して、三人ともが大笑いしてしまう。笑い声は光の輪のようになって院内に漂う。A子さんの保険証は今月から後期高齢者証に変わっていた。今朝の空の色と同じ薄花色だ。

いつものようにバタバタと一日が過ぎた。スーパーに立ち寄り、簡単に栄養になる豆腐を買おうとした時、なぜか三個九十八円の小粒納豆が目に入った。生まれて今日まで何度も食べることに挫折した納豆。「何か始めることがいい」の朝のラジオの言葉を急に思い出し、迷わずカゴへ入れる。

晩御飯の食卓で、小粒納豆のフィルムを剥がす。小さな白いカップから独特な臭いが漂う。「美味しくなれ」と念じながら混ぜる。今日は最大の幸運日だった。どんな一日だったかなと思うと、A子さんの笑顔と、あの瞬間の空気がふわりと浮かんできた。忙しい状態だったからこそ生まれた和らぎの時だった。職場で久しぶりに笑った気がする。あの場の三人、A子さんと電話の方と私のそれぞれのありがとうの連呼と三人ともが頭を下げ合っている様子、もちろん電話の向こうは見えないけれど、幾度も頭を下げている姿が想像できる。思い出し笑いをしながら、ひたすら納豆を混ぜる。白い円を辿るようにして混ぜていると、今朝思い出した八卦図の円と重なってくる。あの八卦図上には森羅万象、宇宙にあるすべてのものが表されているという。すべてということは、心の中の在り様も円の中にはあるのだろうか。父からもっといろいろな事を教われば良かったなあと思いつつ、ひたすら混ぜていると、箸の先が段々軽くなっていく。小さなカップの円の中で糸を引く納豆が、渦巻く星雲のように見えてくる。

あと二か月。五月になればコロナの感染症法上の位置付けが二類から五類の扱いに引き下げられる。インフルエンザと同様の扱いになれば、発熱外来に関する問い合わせは格段に減るだろう。コロナ公費の計算や登録やら書類等の扱いもなくなる。コロナがこの世から消えたわけではないけれど、周知なものへと変わっていく。未知なるものが生活に混ざり込んでいく過程で生まれた不安や恐怖は消え、コロナありきの新しい生活が出来上がっていく。心に余裕が持てる日々が、職場で笑顔する日々が復活するのかな。納豆を混ぜながら、今までの日々を反芻してみる。

忙しさは純然たる事実だけれども、どんなに忙しかったとしても自分の心の持ち方をコントロールできなかったのは、私自身の在り方にも問題があった。忙しさを盾に心をがんじがらめにしていたのではないだろうか。コロナを理由にどこかへ出掛けることも控えてきた。気分転換する日常も失くしてきた。心を亡くすと書く「忙」の字の通りの私だった。

納豆を混ぜるというただ一つの作業に向き合う時間は、心に余裕を生む。食卓の隅の封筒の山にふと目が向く。開封したまま片付けることなく積まれている郵便達。確かその中のいくつかには、演奏会や美術展への招待状やチケットが入っていたはずだ。納豆を混ぜる手を休め、封筒の中を確認してみる。どれも期限が切れていた中、一枚だけまだ開催している企画展があった。場所は以前よく通っていた美術館だ。風格ある佇まいと整った庭。その素敵な庭をゆっくりと眺めて幾度も癒された好きな場所。チケットを眺めながら、再び納豆を混ぜる。

白い円の中では、糸が生じ続け様相がどんどん変わっていく。一粒一粒は凛として存在しながら、繊細な糸が絡み合い整然とした流れを作り出し、カップの中にできた悠久の星雲が艶やかな光を発している。もう食べ頃なのか。何回混ぜたのかもわからない。少し身構えながら、恐る恐る口に運ぶ。

「ん、大丈夫だ」

美味しいとまでは思えなかったけれど、嫌ではない。あれほど抵抗のあった臭いも味も全く気にならない。なぜ今まで食べられなかったのかが不思議な位だ。年を重ねて味覚が変わってきたのかもしれない。久しぶりに味わった達成感。還暦で苦手なことを一つ克服できた喜びがじわりと胸のあたりに広がってくる。還暦は新しいスタートライン。続けよう納豆。今年最高の幸運日に始めたことだから。ありふれた日々の中で偶然に味わった喜び。光を放つ納豆の粒のように、心を揺り動かす光る粒がまだまだ日常のどこかに潜んでいるかもしれない。0歳に還った新しい目で見つけに行こう。それはまるで自分で自分にかける「八卦よい」だ。そう、まずは美術館。

明け方に降った雨で美術館の庭はしっとりと水を含んでいた。風が激しく吹いていたせいで芝の目はひどく乱れ、木の葉や細い枝が庭のほとんどを覆いつくしていた。けれどその庭の一角だけは見事に整備されている。一人の女性が跪《ひざまず》き、芝の上に散乱している葉や枝を自身の右側に置いてある籠に入れていっていた。彼女は少しずつ左へと移動していく。手元も表情もここからは見えないけれど、背中から丁寧に取り組んでいることが伝わってくる。移動した後の芝目は整い、庭が美しさを取り戻している。その作業をする女性の後ろ姿が祖母に似ていると思った。広くて丸みがあるけれどしっかりと芯の通った背中。祖母は何事にも丁寧な所作を忘れない毅然とした明治の女性だった。バタバタと落ち着きのない行動をとる私はいつも「目の前のことに心を込めなさい」と言われていた。一つ一つのことに丁寧に向き合うことの大切さを幼い頃から教えてもらっていたのに、今も相変わらずバタバタとしている自分に呆れながら、目の前のことに心を込めて作業する女性の姿に見入ってしまった。庭が徐々に蘇ってくる様子はどんな絵画よりも魅力的だった。庭の四分の一ほどが整えられた時、止んでいた雨が霧雨となって降り始めた。雨に濡れた女性の背中がきらきらと発光している。落ち葉や枝でいっぱいになった籠を持ち上げて彼女が立ち上がった時、その横顔が見えた。思わず息を呑んだ。A子さんだった。「お掃除の仕事を元気で続けたいんですよ。それができるのは先生のおかげです。ありがとうございます」というのがA子さんの口癖だった。

「素敵だな」と思って眺めていた庭は、A子さんが手入れをしていた。丁寧な仕事は見る人の心に届く。誰かの「素敵だな」と感じる心を支える、その背後には誰かのたゆまぬ努力という必然がある。そんな当たり前のことすらすっかり忘れていた。

「目の前のことに心を込めなさい」という祖母の言葉の、その先の意味をきちんと考えよう。患者さんにいつも「お大事になさってください」と帰り際に声をかけているけれど、その言葉にもっともっと丁寧に心を込めよう。目の前の一人一人は、誰かの「素敵だな」を支えている大事な人だから。

「おはようございます。今日五月十八日は語呂合わせで言葉の日ですよ」

「へー。で、好きな言葉は何ですか」

「セレンディピティですね」

「まさかの英語。おしゃれな感じですね」

「そうでしょう。いい意味なんですよ」

「どういう意味ですか」

「じゃあ、今朝の一曲を」

久々に聞いた言葉。ニューヨークを舞台にした映画の題名で「幸せな偶然」という意味だ。「素敵な意味でしょう」と映画のストーリーを説明しながら、親友が流暢な英語で発音してくれたのは二十年位前。上手く発音できない私は、舌を噛みそうになる。

「日本語でこういう意味の言葉がある？」

「鴨が葱？棚からぼた餅？ちょっと違うかな」

「ニュアンス崩壊よ」

「ぼた餅って牡丹って書くのよ。綺麗じゃ」

「牡丹餅って、おはぎと同じもの？じゃあ、おはぎはお萩なの？」

セレンディピティから訳のわからない方向に話がどんどん展開していく。二人の笑い声がまだ肌寒いビヤガーデンの空に響く。

中学校の入学式で席が前後だったところから始まった縁。彼女は高校からアメリカに留学し大学を卒業して帰国。その後は東京で起業した。趣味の海外旅行から帰ってくるとおみやげを持って岡山にやってくる。私は行ったことのない海外の話に目を輝かせ、独身の彼女は私の育児話のあれこれに驚く。正反対の生き方を選んだ二人。「幸せな偶然」を見つけ出し、手に握りしめ、人生をドラマティックに切り拓いていった彼女。牡丹餅が落ちて来るのを待つタイプではない。セレンディピティは偶然の幸運を引き寄せる力。彼女の偶然を必然に変換するパワーにはいつも圧倒されていた。二人で思い描いていた明るい老後。未来での待ち合わせ場所も決めていたのに。あの頃の自分には、今の二人の姿は全く想像できなかった。早逝した彼女とコロナに翻弄されながら今も働いている私。

家族、友人、ラジオのパーソナリティ、日々の生活の中で出会った人たち、その出会いの中で出会った言葉が自分の奥底深くには溜まっている。その沈殿の底を時間軸がゆっくりと混ぜている。もうすでに結晶化しているものもあれば、発酵中の言葉もある。混ぜ合わせる過程で様々な糸が発生し、感情の起伏がその糸を波立たせる。絡み合うことで出来上がった星雲、それが今の自分の心にある。数えきれない程の大切な言葉たち。今この瞬間にここにある自分。それがすべて。忙しいだけのありふれた日々。見慣れた日常。ドラマティックなことの欠片もない小さなカップ程度の器の自分。けれどもその中では、すべてが混ざり合って出来上がった星雲がある。星雲には、光る粒が、「幸せな偶然」に出会う機会が、いつも潜んでいる。気付くか気付かないかだ。気付く自分で在り続けられるか、どうかだ。


「おはようございます。今日五月二十九日は語呂合わせで何の日でしょう」

「語呂合わせが好きですね」

「幸福の日なんですよ」

「どんな時に幸福を感じますか？」

「今朝の一曲は、『百万年の幸せ!!』」

「あ、さくらももこさんの作詞ですよね」

明るいリズムを刻みながら、車をバックで駐車する。朝日の眩しさに目を閉じる。幸福と思うと、納豆を食べられた瞬間が浮かんできた。心がじわりと満ちた時。そこから伸びた偶然の糸。この先の日々、納豆を混ぜながらいつも思い出すだろう。自分の星雲に気が付いた時のことを。様々な出会いと言葉が混ざり合って出来上がった星雲の中には、言葉たちが密やかな輝きを放ちながら存在していることを。心がざわつき平常心を失くしたコロナ禍は、「幸せな偶然」に気が付くことが出来た日々でもあった。瞼の中で薄白い光の輪が広がっていく。さあ、行こうか。目を開く。「幸せな偶然」を見つけに行こう。そう、見つけようとする自分でいよう。エンジンを切る。トートバッグを軽やかに持ち、車から降りる。

空を見上げる。

現代詩

■佳作

武中　義人

庭

広く庭に手が置かれると
そこは感電したように朝だ
掌を開くようにして　この
百合の白い花は空気に接した
その花弁の周りがピンク色に
息づき　見事に今朝の記念碑とは
なっている　昨日とは違う
酸素の温かさに酔うことも出来る
動く庭よ　それは真砂路《まさごじ》を

通って　架空の海に連なってゆく
艀船が行き来する　活気ある海へだ
空間にはそれぞれの物語があって
博識な人々が　自らの領分で
その粗筋を書くが　どれも
知恵に充ちていて　それらの
独自の海底へ案内してくれる
通暁するとは　専門を超えて
横断的に知覚するものだ　と知る
測る　と言うとき　それは
長さを　重さを　深さを　と分かる
それらを書き記す時　新たな
空間が生まれる　そこには
駆けることや　育むことの
大きなうねりがあって
可能な限りの広さもまた在る
私たちは微笑みながら
それらと同化するだけでよい

きっと昨日より今日を
多く知ることが出来るであろう
今　庭が窓に向かって
明るい陽光を注いでいる

可能性

その時——ドサリ　と音がした
空が落ちてきたのだ　今しがた
咲いたばかりのバラの焔を
消そうとして——或いは　その火で
暖を取ろうとして——一組の男女が
柏の白い木の下を行き過ぎていった
さも幸せそうに腕を組み合って——
残りの空は両手を広げるであろう
幾組もの恋人たちを　その
温もりで祝福するために——

晴れ渡った二月の真昼時
風はまだ冷たいが　近づく
季節の移りに　彼らの頬は
上気している　まるで
熟した果実のようなのだ
——芯は堅く苦いが　実は甘い——
〈これから〉が準備する青き春に
一人ひとりが十全と浸っている
何らの上限もなく下限もない
空とスレスレの地上を闊歩する彼らには——
それが宇宙への可能性でなくて
何であろうか——詰め込んだ知識を
解放せよ　もっと柔軟に周りを見よ
そこから浮き上がるように
得られた納得が　きみたちの
将来を見事に建築するであろう
その骨格は書物であるかも知れない
そして折に触れ自分を顧みる時

自分の書物を書いてみようと
するかも知れない　その時を待て
時熟の時をひたすら願って——
その時こそが　自分の空を
発見する時なのだよ　毎日の
蓄積の裡に晴れやかに身を投ずること
茎から蕾へ　そして開花へと
手渡されたその鍵で
自分を世間に開示するために——

微笑み

目の明るい小さな女の子が
私の方をじっとうかがっている
きっと私に声を掛けたいばかりに
そしてこの年老いた男を
慰めたいばかりに　向こうの

石造りのベンチから　私へと
いじらしいばかりの思いやりを
ためらいながらも維持している
貴女にはまだ分かるまいが
人は裏切る者だということ――
そして裏切られた者しか分からぬ
卑屈さで　いつまでも頑なに
こころを閉ざしているということ――
貴女はやがて理解するだろう
人は冷酷にも温順にもなれることを――
そしてそれが人間に具わった
本質なのだということを――
しかし　貴女の恥ずかし気な
微笑みは一体何の予告であろう？

それは私にとっては　今日からの
人生への活路であり発端であった
貴女にお礼をいわなければいけないね

この小さな生を拡大してゆくのは
その恥じらいを含んだ微笑みしかない

さあ　日が暮れてきたよ
貴女にも分かることだと思う
人は少し疲れた時には　このように
公園のベンチで独り黙って
夕暮れを待つということが——

貴女は　ひと言も発せず
いつの間にかいなくなっていた
しかし　私は確かに受け取っていた
彼女の溢れんばかりの優しさを——

■準佳作

朝の儀式

森本　恭子

父はやや前かがみの姿勢で
一点を凝視する
その時間　およそ十秒
手に掲げた丸い空洞に焦点を合わせ
脹脛の重みに耐え右脚を上げると
勢いをつけて　えいや！と下ろす
失敗してなるものかと意欲に満ち
にわかに重力を感じる朝の時間

右脚が命中したからといって
気は抜けない　深く息をして

足元へ束の間目を落とす
弾みをつけ左の踵を持ち上げると
脚力の弱まった片脚で踏ん張る
体のバランスを崩すまいと
そんな焦りがひしひしと伝わり
小さな緊張が走る朝の時間

私は左脚を導きたい気持ちを抑える
父の乾いた両手が掴んでいるもの
その筒状の穴がまん丸に広がっていき
裾まですんなり入りそうだ
箪笥にある犬のぬいぐるみと共に
的を外さないよう再び見守る
不安と迷いが交錯する朝の時間

つま先まで神経を行き届かせ
口を一文字に結んだ真剣な表情は
試合を間近に控えた選手の顔だ

父のひたむきで静かな格闘は
家族の淡い視線のなかで無事終了
たわいもない平穏な日常に
ささやかな充足感を覚える朝の時間

さあ　身支度を整えた後は
椅子に背を預けて朝ドラを観賞
洗い立ての明るいブルーのズボンも
八十路の主に履いてもらい満足だ
晴れ渡った日は父もひと際若返る
やわらかで　愛おしい朝の時間

晩夏の声

母が好きな曲の歌詞を捉えられない
音階とリズムがするりとこぼれ落ち
両手で耳を塞いだように虚ろなまま

音色は空しくかすめていく
聞く役目から解き放されたんだよ
耳は母にそっと告げたみたいだ

届いた音だけを手掛かりにして
母は不安気な表情で私を見返す
言葉を聞き漏らすまいとしても
そこにかつて馴染んだ声はなく
会話の内容を認識する術もない

母は聞きたい願望を持っている
聞いておきたい数多のものがある
いくつもの言葉　いくつかの物音が
ひとつの形ある波長で届けられても
家族の声は母の耳朶をただ過ぎて行く

生命ある限り聞き続けるのだと
そう信じて疑わなかった母は

残った力をひたむきな気持ちで
奥深い底から掬い上げようと試みた
音が耳の中で温められて膨らみ
透明な姿となって吐き出される

公園で遊ぶ鳩の鳴き声はどこに
花瓶へ水を入れる音はどこから
朽ちかけた茎を摘み取る音はどこで
今日を生きるすべての音を聞きたい
耳管を伝わり豊かな呼気が聞こえる
それは細胞の協調的な働きのなせる業

聞きたい気持ちがあふれてくるから
母は耳の中に　もう一つの耳を作った
言葉を忠実に守るための秘密兵器だ
それを一日の終わりに　本来の耳から
そっと抜き取る作業が日課となり
ようやく私も安堵する

遠くでヒグラシが鳴いていた

夕暮れ時

今のまま変わらない毎日を
過ごすことの幸せに気づいた瞬間
数センチほど開いた窓から
柔らかい風がさっと吹き込んで
ベージュのカーテンがひらめいた

世の中は不格好な日々の繰返しで
叶うことのない憧憬を
未だ私の視野の中に留めたまま
わずかな安心感を手に入れたくて
夢のほつれた場所を静かに繕う

夕刻が迫る中　食材のメモを片手に

両手に買い物袋を提げて家路に着く
素早く台所の電気をつけると
昼の名残りがそのまま食卓に残っていた

台所の隅に薄く埃のついた瓶がひとつ
元気だった母が二年前に仕込んだ梅酒だ
透き通った明るい琥珀色の液が
くすんだ褐色の梅の実を優しく包み
和やかな記憶が蘇る

老親は　バラエティー番組を点け
椅子に深く座りしだいに目をつむる
寝息が静かになり始めて
鼻先に手の平をそっと当てると
優しい息遣いが溶け込んで安心する

人生を遡ることは無理な望みで
過ぎ去った時に戻る手段もない

今は焦燥感に捉われることなく
現実と向かい合う少しの勇気が必要だ
背後で時間は足早に流れ去っていく

うたた寝する二人に夕飯だよと
耳元で声を掛け軽く手を握ると
力強く握り返したその手は温かだ
台所は刻々とぬくもりを増し
尖りかけた心も丸くなる

■準佳作

二〇二三年　夏
六月のバースデイ

大槻　剛巳

六月
紫陽花が　雨粒と
何か　囁き合っている
それは昨日の　失くした微笑み
キミの誕生日に　贈るはずの
積み重ねてきた
研ぎ澄ましてきた

ボクの純粋な　想い
そうさ
少しばかり　強い雨に
流されていった

六月
雨傘で　跳ねている
それは　何拍子なんだろう
だけど明日に　やって来ないのは
キミと繋ぎ合う手　その温もり
すれ違って行く
遠くなって行く
ボクの大切な　想い
だから
降り続いて　止まなければ
二度と出会えない

このまま　いつまで　雨　雨　雨

すべての景色が
朧に　霞んでいった
遠のく　記憶も　雨　雨　雨　あ、
それでも　おめでとう
六月のバースデイ
　そうさ　キミも　二十歳さ

六月
滲んでく　舗道さえ
どこか　幻想に溶け込み
なのに昨日の　指切り忘れて
キミの微笑みさえ　虚ろになる
辿り着いてみた
声に出してみた
ボクの偽らぬ　想い
もしも
あの夜明けに　濡れた肩を
抱きしめていれば

六月

鈍色の　雨雲は
まるで　沈みゆく真心
いつか明日へ　刻む眼差しは
キミの薄い影に　溶け込んでく
愛を告げられず
指に触れもせず
ボクの砕け散る　想い
そんな
季節ならば　涙さえも
溢れるばかりで

このまま　いつまで　雨　雨　雨
すべての景色が
朧に　霞んでいった
遠のく　記憶も　雨　雨　雨　あゝ
それでも　おめでとう
六月のバースデイ

七月の泡に消える

そうさ　キミも　二十歳さ

七月の
暑さから　逃げるように
訪れた　山のカフェ
ジンジャーエールの　果てない泡に
少しだけ　気持ちも冷えて
あなたは　きっと
追いかけては来ない
あの指切りも　忘れたままで

七月は
いつのまに　雨も止んで
爽やかに　風が舞う
カフェに流れてる　ボサノバ・リズム

いつになく　心が軽く
あなたが　いつか
背中を向けたまま
あの口づけも　遠い思い出

窓辺の　カウンター
手に取った　双眼鏡
遠くの森に　さえずりだけが
聴こえている夏鳥
　見つけられもせず
　思い出せもせず
おぼろになった
あれは　あなたの面影

七月は
空を行く　白い雲に
誘われた　山のカフェ
ホットサンドなら　薫るオニオン

焦げ付いた　想いの果てに
あなたは　確か
白すぎる素肌で
あの誓いさえも　打ち捨てていく

七月に
薄れてく　愛の記憶
あの日々は　戻らない
緑に包まれ　フォレスト・シャワー
なぐさめに　身体を託す
あなたが　どこか
異国の街角を
乾いた体で　過ぎ去っていく

ガラスを　突き抜けて
陽射しさえ　点描画で
遠くの森に　溢れる息吹き
流れて行く　せせらぎ

傷つくばかりで
立ち上がれもせず
消えてしまった
あれは　あなたの面影

八月の蜃気楼

八月の
焦げる陽射しを　避けていたあなた
白く　透き通る肌に
涙さえ　沁み込まない
眼差しは　すれ違う
言葉は　宙を舞う
ボクの　指先は
その頬を　素通りしていく

八月に

短い夜を　駆け抜けたあなた
まるで　灼熱の風に
瞼さえ　震え続け
掌を　重ねたら
汗ばむ　余韻だけ
ボクの　当惑も
この猛暑　溶けだしてしまう

昇華していく　記憶の欠片は
砂丘の砂の　一粒に
姿を変えていた
あなたは　遠い
遥かに　遠い
熱に浮かされた　蜃気楼
　揺らめく彼方の
どこかに居るのか

八月を

貫き通す　想いさえ　あなた
それは　光の洪水
瞬きを　赦しもせず
咳込んだ　予感から
嘆きは　消えてゆく
ボクは　こめかみも
凍らせて　ため息を失くす

八月に
踏み止まって　微笑んだあなた
誰も　知らない未来へ
唇を　噛んだままで
身体ごと　透明に
鼓動は　黙り込む
ボクの　憬れは
一瞬で　蒸発してゆく

滅亡の果て　愛を惜しんでも

また　あの日まで　歴史など
戻せはできないと
あなたは　遠い
遥かに　遠い
想い　映し出す　蜃気楼
　揺らめく彼方の
どこかに居るのか

■準佳作

神崎　良造

まだかな橋

ここは下津井
児島半島の最南端
「西国の喉頸《のどくび》」と言われた
瀬戸内海船路の要衝

参勤交代のため
内海を航行する大名の応接
金毘羅参りや四国八十八カ所めぐりの
発着港としてにぎわった

蝦夷《えぞ》地でとれたニシン粕
かずのこ、昆布等を満載した北前船
港町商港下津井は
大いににぎわった

ニシン粕は
綿、菜種、豆、藍などの肥料
ニシン粕の重みで沈みそうな船から
居並ぶ蔵へと運び込む

北前船は一年一航海
一航海一千両の利益
一度に港に来る船は
三、四十隻にもなった

ニシン粕は猫車や荷車で運ぶ
俵は二十四貫（約九〇kg）

棒ばかりで三人がかりで量る
二階へも箱階段を使い運び上げる

「下津井節」の一節
下津井港にヨ　錨《いかり》を入れりゃヨ
街の行燈《あんどん》の　灯が招くヨ
トコハイ　トノエ　ナノエ　ソレソレ

北前船に乗ってくる多くの男たち
港は熱気と活気にあふれ
数えきれぬ程の商店や宿屋が軒を連ね
もちろん遊郭もあった

「まだかな橋」は遊郭の入口にあった橋
呼び込みの婆さが橋に立ち
「まだ上がらんかな」「まだかな」と
男たちに声をかけた

夜の港町の喧騒
男たちの潮に嗄《か》れた濁声《だみごえ》が響き
遊女たちの嬌声は
やがて潮騒に消えていく

祇園神社

下津井港の西端
港を見下ろす岬の上
地元では「祇園さま」と呼ばれる
地域の人の守り神社

北前船の船主たちが
海の守護神に
航海の安全を祈願して
玉垣を寄進して奉納した

境内で売られている蛸の御守
赤い紐は幸福を吸いよせる多幸守
五色の紐は合格祈願守り
置くとパスするオクトパス守

急な石段を登っていくと
本殿が見えてくる
潮の香りに振り返ると
瀬戸大橋の雄大な姿

「下津井節」の一節
下津井港はヨ　はいりよて　出よてヨ
まとも　まきよて　まぎりよてヨ
トコハイ　トノエ　ナノエ　ソレソレ

本殿の軒に掘り込まれた
見事な彫刻群
当時の名工塩飽《しわく》大工の作という

伝統技術の確かさ

備前焼き造りの獅子狛犬の足下に
ぽつねんと百度石がある
多くの人々の願掛けを
ひたすら受けとめてきた百度石

父の病が早く治りますように
母の出産が無事でありますように
出征した息子が息災で帰れますように
娘の縁談がうまくいきますように

何度も石段を登り下りするうちに
鼻緒が擦り切れ
下駄が割れて
素足は血に染まった

それでも数え続けて

あと五十回あと十回もうあと一回
百度石の横に倒れてふり仰げば
潤んで見えた満天の星空

サチの物語

サチは七歳
港の干物売りの婆さと一緒にいる
親のことなど覚えていない
眉の濃い気丈な少女

いつも「まだかな橋」の常夜燈の所で
婆さが昔語りをしてくれる
サチは婆さの話が好きだ
しわくちゃ婆さが美しい遊女だった頃の話

「まだかな橋」の奥に井戸がある

鶴と亀と対になった二つの井戸
北前船が港に着くと
いつも水を汲みにくる若い男

海の男は色は黒いがそりゃあ上男《じょおとこ》
力仕事をするから筋骨隆々
若き日の婆さは一目で惚れた
でもしょせん自分は遊女

何度目かの寄港の時
嵐で船が出発できなくなった
男は手持ち無沙汰に
「まだかな橋」の遊女と一夜を過ごした

「下津井節」の一節
追いて吹こうとヨ　下津井入れヨ
ままよ浮名《うきな》が　辰巳風《たつみかぜ》ヨ
トコハイ　トノエ　ナノエ　ソレソレ

しばらくは下津井港に来るたびに
逢瀬は続いたが
ある時からぷっつり男の姿が見えなくなった
遠い海で甲板から落ちたと噂に聞いた

死んだとは信じきれず
婆さは「まだかな橋」で待ち続けた
年をとり女郎屋から追い出され
干物売りになっても待ち続けた

七夕の日婆さは
「まだかな橋」の常夜燈の下で
丸くなって息絶えていた
サチは唇を噛んで涙を一筋流した

海のかなたに日が昇り始めた頃
港一番の大店《おおだな》の善兵衛さんが

朝の散歩の途中でサチを見つけた
サチの物語はこれから始まる

短歌

■入　選

アンチディストピア

渡邉　泰明

バス停で指揮する少年　日常の奏でる音がばらけぬように

どちらかと言えば花ではなくて草　イマニモソラヘトトビソウです

益となるすべてのことは　車掌さん、しあわせまであと何駅ですか

ねえ、プリン　君の暗くてほろ苦い底に逢うまで僕は死ねない

飛んでいけ、やっぱり飛んでいかないで　いたいのいたいの　君といたいよ

ここから木陰に入ります。ひと息ついて、こころをうんとお緩めください。

水を差す　咲いていることも忘れて日々を駆け抜けるあなたにそっと

自己採点、間違いだらけのこの日々にあなたがつけてくれたはなまる

見守るね。そとを眺めてたそがれるあなたがしずかな夜になるまで

こんなにも、てにをはだけで変わる意味　ちょっとしたことできっと世界も

■準佳作

めだかが泳ぐ

友坂　洋

欠席が続く子どもを受け入れる教室ありてめだかが泳ぐ

自立応援教室といふ部屋のまど透明ガラスは明るすぎます

学校は嫌ひと言ふ子と庭に出て水遣りをれば虹が立つなり

昨日来たあの子が今日は来なくなり紙飛行機が飛んでいかない

繰り返し「帰る」と言うて逃げる子よ風のわらしかどんぐり山へ

「どうして」と攻める心をなだめつつ黙してをれば初蟬の声

受けやすきボールばかりを投げるやう正解などはどこにもなくて

勉強は十五分と約束し死んだめだかを埋めることとす

甘えたき少女の思ひを傘に入れあひあひ傘して送つてゆきぬ

空つぽの鞄を背負うてやつて来たそれだけでよし今日から二学期

■準佳作

桜狩

滝口　泰隆

咲き出した桜、すなわちきらきらと第一形態へ移行中
塚本邦雄が桜を詠んでいないのは桜を畏れていたからなのか
なかんずくソメイヨシノは妖しくてこの世のほかに咲いているよう

なれるなら小鳥、桜のはなびらを食べてかがやく不思議な小鳥

満開の桜ばかりを放火する堕天使の氷山のさびしさ

花冷えの今日はエイプリルフールだが西東三鬼の忌日でもある

しんしんと夢の浮橋かもしれぬ桜並木を歩くまひるま

花の雨　ここにたしかに生きているアリバイとしてくちづけをせよ

桜散るその幹に抱きつきながらドッペルゲンガーが泣いていた

このままでいいのかな、よくないのかな、よくなくないのかな　花筏

■準佳作

アンテロープの風

中谷　眞理

繰返し道順尋ねる吾の髪にホテルコンシェルジュ花を一輪

水求め灼熱の街ラスベガス彷徨い歩けば人影もなし

カジノBARバーテンダーに一杯の水差し出され一礼をせり

悠久の時の流れは紛れもなく我が眼下にありグランドキャニオン

アリゾナの硬いステーキ大きくて噛みしめるごと深み増しゆく

地図からは消えてしまったルート66疾走すれば似合うサングラス

ナバホ族は土地はみんなのものと言う垣根をもたぬ家々並ぶ

赤茶けた石をくるるやナバホのガイド聖なる山の聖なる石とぞ

うねる流線アンテロープの岩壁にひかり求める息がしたくて

靴脱げばアンテロープの風纏う砂のざらりと零れ落ちたり

■準佳作

ゴーリー

吉澤　周人

止めてもなお止めねばならぬ次に来るシュートを止めるために立つなり

放たれし黒き鉛を受けるたび我が筋肉は息を止めおり

優勢にあれど心は休まらず最悪を想定せねばならぬ身

スティックの先まで脈が通される心地まで我が意志を広げる

セーブするたびに我が身は削られて彫像のごときゴーリーとなる

取り返すことのできない失点に悔やむ間もなく試合は続く

耐え忍ぶ時間は長くありつつも守りに狂う今ぞ楽しき

四肢伸ばし守り抜きたる我が身をば振り返るなく攻めゆけよ今

得点のブザー響けば氷上の戦士両手を高く抱き合う

ゴーリーをいかなるときも救うのは仲間の声で聞く「ナイスキー」

■準佳作

年輪

佐伯　千壽子

三十五度の予報を聞きてベランダに出れば意外にすず風わたる

あますなく水面を覆ふ睡蓮の花も浮葉も濡れてかがやく

夜を通し灯りのともるビルの空赤みを帯びて三日月かかる

この皺はけふまでわれが成ししものわが年輪といとほしみをり

涼しげなビールの花のあさみどりホップホップと泡わきのぼる

カラフルに光る靴はき行き来する女の児の足ははしやぎつぱなし

から元気もはや出なくてティータイムばかりが増える猛暑日つづき

地下道へ入りゆくほどに涼しさをこゑにしながら段ふみくだる

門先を狭める木斛切りてよりこの明るさが心に適ふ

神苑にすつくと伸びるひと本の姥百合の花右を向きをり

■準佳作

沈没船の銀貨

雨坂　円

仮病した時とおんなじ音を立て「38.8」の点滅

正午さす柱時計の鳴る長さぼうんぼうんとふくらむ痛み

かしゃかしゃと錠剤が鳴る後部座席冷気を求め窓へもたれる

近未来の空の色した冷えピタの２ＴＢの冷たさ受ける

カーテンで抑えきれない昼あふれどこへ向けても眠れぬ体

うつぶせの氷枕の冷たさに沈没船の銀貨を思う

ぱりぱりと海苔をお粥に散らす音　夢とうつつへ行《ゆ》き交《か》える音

ホルマリンの標本の位置で浮いているぶどうゼリーのぶどうをすくう

寝たふりときっと気づいているだろうゆっくり撫でる母の手のひら

レゾンデートル無くし冷えピタはがれおちコールドスリープ解く前頭葉

■準佳作

虚空の青

古家野　久子

真青なる冬のなかぞら昼月が消えいりさうに人の世見てをり

協力とふ知恵が繁栄の基なるにホモ・サピエンスの争ひやまぬ

戦争などしてゐる場合じやなからうに川は干あがる氷河は崩れる

国境ができるだらうか火星にもナショナリズムの触手ぬるりと

目覚めしも夢のあとさき忘れゐてただ哀しみにたゆたうてをり

おほどかに今日も暮れゆき明日もまた変はることなく日の訪れむ

おほけなき幸と思はな明日《あした》とふ見えぬ世界に恐れも持たず

陽の出づればわれはここぞと歌ひそむ蟬は刹那の命を生きて

黒雲が流れたるのち濁りなき青となりたり果てなき高みは

遺伝子はわれに至りてその先のはるかな時をおもふ星の夜

■準佳作

吉備王国

有吉　一行

内海と備前平野の豊かさで大和揺るがし栄えし備州

荘厳に甍波打つ大伽藍備前国分寺栄華きわむる

国分寺堂塔跡に偲ばるる民が願いし疫病払い

吉備国の両宮山や古墳群大和に押され廃る繁栄

吉備津彦吉備と温羅との諍いに鬼退治せしかの桃太郎

熊山の世にも希なるピラミッド須恵器謎めく火焔の模様

中世の東部山城数多あり備前軍記に残す城跡

神の手で岩神山のゆるぎ岩民の心は今も挫けず

伝説の古代ロマンが生きる町今もフルーツ誇る王国

野に和して自然豊かな吉備の国鶯啼きて生きる喜び

■準佳作

一心に

齊藤　博嗣

義父しのび義母偲びつつ一心に色即是空と書き写しゆく

雪の残る険しき山越えなる道を熊鈴つけて歩を速め過ぐ

ぜんざいの接待うれし疲れたる体に沁みゐる人の真心

暴れ川と言はるる四国三郎も今日はおだやか沈下橋ゆく

延々と歩き続けて室戸浜投げ出す足もと潮騒さわぐ

四万十川を下る川舟視野に入れまだまだ遠き岬をめざす

八十路なる道も上りと前を向き歩み行きたし足摺岬

世界中に届けと祈る「ｎｏ ｗａｒ」足摺岬の海に向かひて

夕日を受ける石鎚山の遠く見ゆ純白の嶺けがれなき山

一心に書きたる心経を軸と為し檀那寺に納む父母やすかれと

■準佳作

幼らと

井関　みつる

エプロンをぎゆつと引かれて振り向けばおもらしした子の吾を見上げをり

今日はママいそがしいのと呟きぬ早迎へ待つ熱の幼は

連絡帳に今も昔も細やかに父母の願ひの綴られてあり

外つ国の母を持つ子の連絡帳白紙のままに今朝も戻り来

外つ国の保護者ゆ戻る連絡帳に初に記されし「げんき」の三文字

だんまりの子のスプーンに手を添へて魚をほぐせば「おさかな」と言ふ

「おさかな」と言ひし日よりは「せんせい」も「もっと」も出でくる幼の口ゆ

遊戯室に腰をおろせば一番の腕白急ぎ膝に乗りくる

暮るる頃迎へ待つ子は背に一人膝に二人と保母に肌寄す

母見れば鳥のやうにも幼らは飛び立ちてゆく保母の膝より

俳句

■入選

横仙歌舞伎

小林　美鈴

豊の秋横仙歌舞伎幟立つ

内股で歩く練習女郎花

詰合うて座る客席紅葉晴

秋高く台詞とちれば爆笑す

隣家の子めがけ御捻り稲雀

母ごぜの涙をささそふこぼれ萩

残り蚊や回り舞台を回す役

弁慶の見栄に喝采雁渡る

りんだうや静御前へインタビュー

ドーランをおとし鎮守に月あがる

■準佳作

図書館

田中　立花

漆喰の扉の軋み春動く

花の塵舞込む書庫の小さき窓

中庭に漏れくるワルツ花の風

刷りたての読書案内夏つばめ

麦の秋古書の束より稀覯本

全集に鉛筆の文字きらら虫

夭折の画家のデッサン合歓の花

梅雨兆すコピー用紙のほのぬくし

本を選る野球部員の首に汗

晩夏光ブロンズ像の彫深し

■準佳作

渓光る

江尻　千歳

月白に向かひていそぐ猫車
堰音に色を濃くして草紅葉
山の端の雲とあそぶや枯芒

眼科出て肩先濡らす冬の雨

沈丁の盛りの中を離れまで

探梅の四五歩の橋や渓光る

おぼろ月治らぬ眼空に向け

稜線の樹間にほのと春の雨

農小屋を大きく開けて柿若葉

老鴬の声を背にして鍬を振る

■準佳作

夏安居

安藤　加代

新樹光亀は浮きつつ沈みつつ

大きなる碑の小さき文字緑さす

うかと踏みさう雨あとの梅雨茸

夏燕曇天更に低くせる

一叢の雲の日の差す合歓の花

干拓の植田へ峡の風荒し

荒びたる瓦塀より沙羅の花

夏安居の堂山影の被さり来

斎場を囲む山々時鳥

亀の子も親に倣ひて甲羅干し

■準佳作

ブリキの金魚

秋岡　朝子

アスファルトに小さき双葉春やすみ

嫁ぎしは植田の風の吹く所

灯を消して遠くよく見ゆ山桜

陽炎や妊婦が通り過ぎていく

ダリア咲くブリキの金魚で遊びし日

万緑や家の畳に風吹いて

老眼鏡頭にのせて蝉しぐれ

春窮や飯一粒で密封す

桐一葉翁の眉のうつくしく

ももいろのままに暮れをりははきぐさ

■準佳作

終戦日

佐藤　千鶴

たをやかに風と語らふ秋桜
干柿に日のさんさんと村の黙
水郷を巡る色なき風の音

川底の石へ日の射す小正月
堰落つる水のかがやき春近し
醤油屋の框一尺花冷えす
搦手へ続く石段十薬咲く
山描く大カンバスの代田かな
月涼し棟を寄せ合ふ峡三戸
かさかさと紙垂の音のみ終戦日

■準佳作

元日の光

重政　三潮

元日の光となりて鷺真白

疎開して校歌も知らず卒業す

燕の子今日きっと飛ぶきっと飛ぶ

豆御飯一つまさりの姉女房

父の日やとみに優しくなる娘

出来たての虹にて候見て候

ぐびぐびと呑み干す緑茶夏終る

こほろぎに昆虫食の世の来る

広辞苑初版を照らす秋灯

帰りには抱かれてねむる七五三

■準佳作

蚯蚓呟く

山下　卓郎

かはたれの宿坊清し夏椿

里山に生命の叫び蟬時雨

苔の花粉引の盌のうす緑

薪窯に蚯蚓呟く華厳経

紫香楽につくつく法師薪を割る

土用干し若き日の吾を晒出す

千年の羅漢微睡む木下闇

魁けて歩む七十路大西日

深更の瑠璃のカナブンそと放つ

日ぐらしや半音ずれて共鳴す

■準佳作

城下町　津山

藤田　明子

用水の音を真下に柚子の花

風薫る向きさまざまの千社札

夏空や屋敷に残る長屋門

峰雲や榎古木の一里塚

玻璃越しに一トン神輿鎮座して

炎昼のアールデコ調親柱

榕菴の珈琲の香に涼みけり

二階より鐘吊るされて夏夕べ

地ビールを作州絣のコースター

リュック背に掃く参道や青田風

■準佳作

煙突の島

三好　泥子

台風過浮桟橋の揺れ止まず

沙魚釣りの海を乱して出港す

煙突の島へ西瓜と渡りけり

入江なす採石跡や鯔の群
鰯雲昼間は余所の人ばかり
デザートは黄色い西瓜島のカフェ
秋光の精錬遺構美術館
蔦かづら煉瓦煙突オブジェめく
振り返る煙突高し百舌の声
V字の水脈曳いて島発つ秋の暮

■準佳作

僧遷化

岡田　康子

大空を鳶二羽舞ふ淑気かな

日の匂ひ纏ふ切干ちりちりに

麦踏や雲の行方を目で追ひつ

初蝶の飛ぶかに見えて吹かれをり
僧遷化花も名残りの涙かな
麦穂熟れ光広がる村の昼
法要の香煙こもる青葉雨
十薬や雨のひと日を持て余し
子らと来て枝を撓めつ実梅もぐ
花合歓の明るさに会ふ家路かな

川柳

■入選

わが原風景

船越　洋行

農村の原風景は助け合い
朝星も夜星も知っている鎌よ
朝日出て気がつく服の裏返し

ひと休みするとき鎌を研いでいる

愛犬も野良で昼食握り飯

ランドセル置けば戦力農繁期

親も子も麦わら帽も泥だらけ

案山子からバトンを受ける刈取り機

ヤグラ組み浴衣に着替え打つ太鼓

温泉の話で弾む鍬納め

■準佳作

青い地球

坪井　新

ちちははどこから流れついたのか
血脈をたどれば黒潮かも知れぬ
戸籍とか一族だとか国家とか

縄張りが母の地球を切り刻む

終戦の先の見えない拉致の海

引揚げのできぬ遺骨よ同朋よ

難破船アンネの日記いまもなお

縄文の森はだれでも受け入れる

黒潮のはこぶ命の多種多様

流れつく青い地球はひとつだけ

■準佳作

台風

三木　夏女

我が家まで濁流の音聞こゆ夜

橋桁や重み乱流耐えており

放流の告知サイレン夜更けまで

無線より町長の声避難せよ
雷鳴の子等の不安を抱き寄せる
徹宵の家ごと鳴らす野分風
ヌートリア無事かと子等の問う出水
同僚の台風見舞い口々に
大水よ七日経っても水澄まず
流されし場所にしっかと草木立つ

■準佳作

蟻

岩崎　弘舟

順番をいつも気にせぬ蟻の列

蟻の列試行錯誤をくりかえす

師の句碑に一心不乱蟻の列

先輩も後輩もない蟻の列
あとずさりあとずさりして蟻地獄
偏差値の話しはしない蟻の列
蟻の列赤信号ものとせず
ひたすらにただひたすらに蟻の列
蟻の列至る所にすき間出来
妥協せぬ蟻一匹にある決意

■準佳作

宙へ

永見　心咲

生命が生まれる宇宙《テラ》の一点で
六連星《むつらぼし》のいとなみなだらかな家族
母のこえ月もこっくり揺籃歌

父よ父　離れていても昴です

わたくしを律する眼裏のスバル

乗り越えてみせます翼つけかえて

咲いて散る星にもなるよ鳳仙花

幾星霜かわらぬ願い人として

ソレイユの笑顔　平和を敷きつめて

宙清めば明日も地球にかかる虹

■準佳作

颪

田中 恵

秋の天鰯千匹泳がせる
スキップで颪と戯るスニーカー
ストレスを丸ごと呑んだ草の波

草原の風はオカリナ節が好き

カタカタと土竜おどしの風が鳴る

白球が風を味方に飛んで行く

日溜の本音を逃す風の向き

段取りを雲の流れが指図する

ふるさとの風は昔をよく喋る

亡夫に似た風が涙を拭きに来る

■準佳作

明日もまた

田辺　卓樹

朝ドラにコーヒー今日が目を覚ます
なにもかもふわふわとして妻とぼく
この歳になれば楽しい日向ぼこ

度忘れのまた一つ増え二つ増え
元気だったなあと昭和を酌んでいる
川柳に詠む妻とぼく若々し
つつがなく今ここにいて明日を待つ
晩酌にうわさ話の二つ三つ
ぬる燗で一本今日が終わります
夕やけと語る明日のものがたり

■準佳作

生きる

田中　蛙鳴

出陣のひとこえ岩戸叩き割る
全開の窓にひろがる未来地図
胸の火を燃やして深い川になる

踏ん張っていざ逆転の荷を担ぐ
にんげんを煮詰める鍋が見当たらぬ
竹の節ひとつびとつを重んずる
ふところの藁苞そっと子を隠す
折れた矢を丁寧に片付ける
幕間にやっと潤す情け水
まだ一歩疼きの中を這い上がる

■準佳作

倖せ

髙﨑　康子

おいしいと言える倖せはんぶんこ
言霊をあなたと分けるいのちの日
いのちの芽あなたと紡ぐきずな星

倖せは与え求めず感じ合う

やさしさの紡ぎ合いこそ倖せよ

たくさんのことばの花束抱え行く

心種蒔いて芽吹いて花となる

生きるため生きる拳を振りかざし

しなやかに強くありたいどこまでも

駆け出してどんな明日も紡ぐ日々

■準佳作

内緒話

萩原　登

追伸の中に本心さらり書く

親の夢大器晩成だと願う

節約と言わず告げてるダイエット

神様が降りてくれない浮かばない

足し算を増やして丸く生きてみる

負け惜しみ淋しい風の中に佇つ

肩書を外し笑顔になった人

秘密基地噂仕入れる美容院

聴診器内緒話に笑い出す

デジタルの世界が少し尖り出す

■準佳作

造形

高杉　究作

堂々と開き切れないお弁当
自作農鶏と野菜で食つなぐ
藁葺き屋根で凌ぎ続けていた風雨

耐え抜いて学を修めてから迷路

手が震え心も揺れる長周期

この俺に進めと云うか好きな道

曲がり角ひとつ違えて吉が見え

一足す一が二になりかけたやっと

駆け引きも競いもゼロの友が出来

造形の美をまだ描いて行く八十路

審査概評

■小説A部門

小説A部門には19編の応募があった。介護や戦争、ファンタジーなど、多彩なテーマの作品が寄せられたものの、全体的に低調だった。読者を引きつける力のあるものが見当たらず、入選・佳作ともなしとした。

応募作に散見されたのが、自己陶酔。思うようにならない現状や不遇な生い立ちの描写は愚痴や苦労自慢になりがちで、度が過ぎると鼻白む。文章が説明に終始し、物語としての展開が弱い作品も少なくなかった。

審査員の目に留まったのが、複雑な家庭で育った2人の若い女性の交流を描いた「さみしい子どもたちのよるへ」。素直な筆運びに好感が持てた。夏の数日間に的を絞った構成が奏功。彼岸と此岸が交錯するお盆の精霊送りの場面が、主人公と亡き人との邂逅を無理のないものにしている。女性2人が延々と映画を見たり、たわいもないやりとりをしながらお供えの団子を作ったり。真綿にくるまれたような生ぬるい時間を通し、それぞれの孤独を見つめる。濃密な時の中で2人の魂は絡まり合い、ラストシーンでは共に生きることを決意するが、共依存ともいえる関係の先に再生があるのか。過去を昇華させ、未来へと向かう兆しが見えれば、読後感は全く異なるものになったのではないか。

このほか話題に上がったのが、夫の急病で突然、介護生活に陥った女性の心理を追った「仙人の花」と、職場の後輩の死をきっかけに起こる周囲の変化を描いた「ももちゃんの葬儀」。前者では、介護で日常が一変した女性の動揺、怒り、苦悩が受容へと変化する心の動きを丹念に表現した一方で、苦労話が続きやや単調になった。物語の鍵になるサボテンと主題との関わりをもう少し書き込みたかった。後者は人の生と死が投げかけるものの大きさを感じさせる反面、ももちゃんの死が、主人公が回想する伯母の死に埋もれすぎてしまった。職場をかき回す〈トリガー女史〉の造形が戯画的で、その変化に深みを引き出せなかったことも悔やまれる。

19編の中には、一部に構成や文章力が光る作品があったものの、独自性を感じさせるものが少なかった。人物造形や展開がステレオタイプで、モチーフと物語がうまく絡んでいない作品も見受けられた。回想や語り手を変える手法については、その必要性を熟考してほしい。荒削りであっても、作者ならではの力のこもった作品を期待したい。

（文責・則武）

■小説Ｂ部門

文学に需要はあるのか。この問いが頭から離れない。チャットＧＰＴなど生成ＡＩの登場で事務文書はもちろんのこと、詩や小説といった文芸作品までもが自動的に作成されるという。何もわたしたち人間が限定された経験から拙い言葉を絞り出さなくとも、ビッグデータに基づいたＡＩがそつのない文章をさらさらと出力してくれるという訳だ。

今年度の応募数は三十三点。多くの応募があったこと、またいずれも熱のこもった作品だったことに審査員両名とても嬉しく思ったのだが、いざ選考に入ると頭を抱えてしまった。それぞれが力作でありながらも一長一短で突出した作品がなかったからだ。長時間に渡る話し合いの末、応募作の中で最もよく推敲されていてバランスの取れている『親父のぶどう』を佳作として推すことにした。

『親父のぶどう』……寡黙な父を苦手とする俊昭だったが、怪我をした父を見舞うために実家を訪れる。それがきっかけとなり、ぶどう作りを手伝い始める。俊昭はまた、娘の陽奈に対しても複雑な感情を抱いていた。漫画の勉強のため単身上京した陽奈のことが心配でならないのだった。世代間の温度差、親の期待にそえない疚しさ、子の将来に対する過剰な不安など、日常に降り積もる想いが飾らない言葉で綴られ、思わぬ出来事によってそれらのわだかまりがほぐれていく様が流れるように描かれている。瑞々しいぶどうが和解に一役買っているのも作品に彩りを添えている。ただ全てが上手くいき、めでたしめでたしで終わっている。これでは読み手に想像の余地を与えない。予定調和も過ぎると読み手が興醒めするおそれがあるので、結末の娘との和解はそうなるかもしれないという兆しを匂わせるだけに留めておいたほうがよかった。これらの点を考慮し、入選には今一歩及ばないと判断した。

以下の三作品は残念ながら選外となったが、それぞれ持ち味のある印象的な作品だった。（応募順）

『曙光を求めて』……歴史小説にありがちの蘊蓄に筆を弄することなく、冒頭から赤穂浪士大石内蔵助の心境を述べている点に優れた筆力と潔さを感じる。章ごとに視点を転換するという高度なテクニックも持ち合わせている。しかしすでに様々な媒体で表現し尽くされている題材を選んだことで自らハードルを上げてしまった感がある。歴史好きの読み手をも唸らせるもう一撃がほしかった。

『復員した父』……幸二の父は左腕の肘から下を切断さ

れた姿で帰還した。幸二は別人のように暗い性格になった父を疎ましく感じるのだったが、長じてからは父の手帳を紐解き、父の悔恨を清算するため奔走するのだった。感動的な内容だが、人称のずれや、思い入れの強さのあまり勇み足のように語りすぎる部分が目につく。作者と主人公とは常に一定の距離を保持していたい。

『遠い日の影』……この作品は唯一、結論に誘導せず謎に包まれたまま終わっている。「僕」は村の除け者のような存在のハコさんと密かに交流する。幼く未熟であるが故に残忍なことを夢想しがちな「僕」の心理描写が秀逸。小説だからこそ描ける世界で、読後にゾワッとした悪寒を覚える。ただ「ひねくれている」が多用されているなど言葉の選択や誤字脱字に推敲不足が見て取れた。

他にも『焼きビーフンババア』『蜃気楼』『やぶのなか』なども読み応えがあった。

文学に需要はあるか。答えはまだ出ていない。しかし人間の人生を掘り下げていけばAIには予測不可能な無数の様式が立ち現れるのではないか。今回の応募作に接し、そんな意を強くした。

（文責・古井）

■随筆部門

今年度の随筆部門の応募総数は31。令和3年の42編をピークに減少傾向にあるようだ。

内容は、家族のこと、家族との別れ、戦争の体験、青春の冒険譚、旅行記、自分史などほぼ例年通りであった。観測史を塗り替えるような残暑の中、二人の審査員は会合を重ね、慎重に審査に当たった。

ほとんどの作品が整った文章で粒ぞろいではあったが、全体としては長引くコロナ禍に倦んでしまったのか、インパクトに欠けているというのが私たちの率直な印象であった。その中で今の時代ならではの独自の世界を創りあげている異色の作品が一つあった。評価が分かれるところもあり、さらに検討を重ねた結果「星雲のセレンディピティ」を佳作として選出した。

通勤の車で聞く朝のラジオ番組。「今日は今年最大の幸運日なんですよ」というパーソナリティの軽妙なトークに始まる。それを聞く作者はコロナ禍の最前線ともいえる街中の診療所に勤める医療従事者である。彼女の仕事の大変さは今さら語るまでもない。駐車場に着いても「すぐに車から降りて、職場へと向かうことができない精神状態」と淡々と綴っている。

ラジオに耳を傾け、目を閉じ、瞑想をし、心を整えてからようやく重い腰を上げる。パーソナリティが選ぶ、今日の言葉と朝の一曲を心に満たし戦場へと向かう。それが彼女の朝の儀式だ。

この朝、「最大の幸運の日」に幸運を掴むには「何か始めるといい」と言う。彼女がそのために実践したのがタイトルの「星雲のセレンディピティ」であるが、興ざめな解説をするのはやめて、ご自身でよく感じとっていただきたい。

「セレンディピティ」は〈偶然がもたらす幸せ〉を意味する英語で、二十年ほど前のアメリカ映画の題名にもなっている。作者は、中学時代に留学したことのある早逝した親友からその言葉を聞いたことがあった。別の日にパーソナリティが選んだその言葉を耳にして懐かしく思い出すうちに、もっと深い意味があることに気付いてゆく。

「セレンディピティ」とは、日本語でいう「棚からぼた餅」と同様の意味に使われることもあるが、幸福は偶然がもたらすものではなく、それに気付き、引き寄せることのできる者のところに訪れるのだということを。

ごく日常的な人と人との触れあい、言葉のやりとり、または言葉そのものの中にも幸福はある。それを掬いあげる五感を研ぎすますこと、そしてそのためには知性や品性も要求されるのではないか。

病院の待合室での何気ないやりとり、美術館の庭を丹精こめて手入れする高齢の女性の姿に幸福を見つけ出す作者は、まぎれもなく幸福探しの名人であり、人生の達人であるのに違いない。今、地球全体を見わたせば、人類は史上最大の危機に曝されている。そのような事態の中にあっても心の持ち方次第で、まるで魔法の杖を一振りしたかのように、自分の心の小さな器のなかに、星雲を観ることができるということを教えてくれる貴重な一編である。

（文責・竹内）

■現代詩部門

今回の応募作は三九編だった。

審査に当たった二人で今年度は入選の該当作なしと判断し、佳作一組、準佳作三組を選んだ。

・佳作「庭」「可能性」「微笑み」

「庭」は、「広く庭に手が置かれると」と印象的な出だしで、朝の庭から受ける思いを内的世界へと深めて書いている。たいへん良いのだが、推敲が必要である。「そこは」「この」「その」など指示語が多く気になる。行分けや文末も工夫した方がよい。書きすぎと思われる行もあり、読者にゆだねる余情というものを考えれば、思い切って削除できるのではないだろうか。「—」の使い方は安易である。書いている内容は優れているので、練り上げればよい作品が生まれると思う。

・準佳作1「朝の儀式」「晩夏の声」「夕暮れ時」

老親への思いが伝わる三編である。作者の両親を思いやる優しい気持ちが伝わってくる。介護する静かな日常が破綻なく描かれ、読者にそのまま領かせる。また「晩夏の声」の終わり方、最終行は巧みである。では、どこが足りないのかといえば、自分だけの発見や気づきが書かれていないところである。驚きや悲しみ美しさなど日常を超えたもの、新しい自己を発見するところに詩はある。ことばの使い方にしても「ひしひしと伝わり」「たわいもない平穏な」ということばは、もっとほかの自分なりのことばを考えられないものかと思う。「夕暮れ時」の「人生を遡ることは無理な望みで／過ぎ去った時に戻る手段もない」、まことにその通りで、だからこそ、そこに詩があるのか問うてみたくなる。このあたりを考え書き続けて頂きたい。

・準佳作2「二〇二三年　夏」連作「六月のバースデイ」「七月の泡に消える」「八月の蜃気楼」

読んでいて愉しい。軽やかにうたわれ、そのままうたのリズムが読者に届く。ラップを聴くようである。「雨　雨　あゝ」など口語そのままに書いているところも雰囲気に合っている。

ただ、「あの指切りも　忘れたままで」とか「おぼろになった／あれは　あなたの面影」とか歌謡曲風のところが多々あり、内面を語ることばになり得ていない。想いを深めことばを選んで書けば、よりよい作品ができると思う。

・準佳作3「まだかな橋」「祇園神社」「サチの物語」

かつての下津井の港町の様子が描かれている。書き慣れた上手さがあり、特に「まだかな橋」は観光案内文のように行き届いている。だが、港の潮風、人びとの汗、魚臭さなどの肌ざわりが感じられない。「サチの物語」では昔遊女だった「婆さ」が惚れた男を思い続けたまま「息絶え」たことが書かれている。しかし一夜を共にしただけで終生その男を「待ち続けた」というのは、女の気持ちを考えることのない身勝手な男の願望でしかないと思う。「婆さ」への、ひいては女への蔑視が気になる。

応募作品はそれぞれに思いを作品にした熱意が伝わるものだった。ただ自分だけの感情に終わっている作品も少なくなかった。また高年齢と思われる作者が老いや孤独を書いた作品もあったが、慨嘆や不安だけでは詩になり得ない。内面を見つめ広がりのある詩を書いて、また応募して頂きたい。

（文責・斎藤）

■短歌部門

本年度は応募総数七十作、記録的な酷暑となった今年の夏を思えば応募された方々の努力の跡が窺えるものであった。全体の作品を読んで感じたのは、十首という作品数は少ない数ではないので起承転結をつけ作品全体に奥行を持たせて欲しかったこと、一字空けの多用が目に付いたが短歌に於いての一字空けには明確な意味が有る点に配慮が欲しかったことである。入選作は発想の独自性と言葉遊びにも近い表現上の面白さが新鮮。他の作品にもそれぞれ独自の魅力があった。

入選「アンチディストピア」

バス停で指揮する少年　日常の奏でる音がばらけぬように

こんなにも、てにをはだけで変わる意味　ちょっとしたことできっと世界も

所々、意味不明の部分が有りつつも、この表現力と感性の独自性に脱帽。

準佳作Ⅰ「めだかが泳ぐ」

欠席が続く子どもを受け入れる教室ありてめだかが泳ぐ

自立応援教室の児童への温かさが印象的。

準佳作Ⅱ「桜狩」

しんしんと夢の浮橋かもしれぬ桜並木を歩くまひるま

桜に対する独創的な対峙が新鮮。

準佳作Ⅲ「アンテロープの凪」

繰返し道順尋ねる吾の髪にホテルコンシェルジュ花を一輪

的確な描写と全体としての構成が秀逸。

準佳作Ⅳ「ゴーリー」

得点のブザー響けば氷上の戦士両手を高く抱き合う

スポーツの純粋性が存分に表現された。

準佳作Ⅴ「年輪」

門先を狭める木斛切りてよりこの明るさが心に適ふ

日常を見るポジティブな視線に共感。

準佳作Ⅵ「沈没船の銀貨」

うつぶせの氷枕の冷たさに沈没船の銀貨を思う

奇想天外な発想の面白さ。

準佳作Ⅶ「虚空の青」

国境ができるだらうか火星にもナショナリズムの触手ぬるりと

現実に対する懐疑的な視線の鋭さ。

準佳作Ⅷ「吉備王国」

荘厳に甍波打つ大伽藍備前国分寺栄華きわむる

備前平野への賛歌に同感。

準佳作Ⅸ「一心に」

一心に書きたる心経を軸と為し檀那寺に納む父母やすかれと

真摯な姿勢に感動が有る。

準佳作Ⅹ「幼らと」

連絡帳に今も昔も細やかに父母の願ひの綴られてあり

幼子に対する視線の温かさに心が和む。

（文責・村上）

■俳句部門

審査員はそれぞれ五段階に評価し、二度候補作品を持ち寄り審議した。入選一点、準佳作十点、予備五点を決定した。コロナ禍が長く続いたことも影響したのか、作品は七十七点と減少した。

全体的には、纏まった作品が多く、上位は僅差であった。作品十句の完成度や感動が具体的に新鮮に表現されているかを基準に選考した。テーマで十句を纏める場合も、一句一句が独立した作品として評価に耐え得ることが望ましいと感じた。後半尻すぼみになる作品が見受けられる中、後半盛り上がり、構成力も高く評価された「横仙歌舞伎」を入選に決定した。

来年度はたくさんの方の挑戦を楽しみにしたい。

○入選　横仙歌舞伎

大自然の営みとその恵みのもとで生きる人間の暮らしぶりの対比が生き生きと描かれている。人情味豊かな作品である。

●弁慶の見栄に喝采雁渡る

「弁慶の見栄」に会場の盛り上がりが目に浮かぶ。季語の「雁渡る」がさらにスケールを大きくしている。

●りんだうや静御前へインタビュー

中世の「静御前」に対し、現代の「インタビュー」の対比に諧謔味が感じられる。

●ドーランをおとし鎮守に月あがる

「鎮守に月あがる」の措辞は、歌舞伎の続きのような光景。達成感や安堵感も伝わり、最後に相応しい句である。

●残り蚊や回り舞台を回す役

季語の「残り蚊」により、舞台裏の様子をリアリティーに、しかもユーモラスに仕上げている。

●詰合うて座る客席紅葉晴

具体的な何気ない動作に共感を覚える。季語の「紅葉晴」より、うきうきした高揚感が感じられる。

○準佳作1　図書館

●花の塵舞込む書庫の小さき窓
●刷りたての読書案内夏つばめ
●全集に鉛筆の文字きらら虫
●夭折の画家のデッサン合歓の花
図書館に勤務の方なのか、単に本を借りるだけでは詠めない具体的な句が興味深い。取り合わせの季語の斡旋が巧みである。
○準佳作2　渓光る
●眼科出て肩先濡らす冬の雨
●おぼろ月治らぬ眼空に向け
眼科を出て落胆した句と、希望的に向き合って行こうとする心象の二句が作品の要である。二句を肉付けするように、情景句を巧みに配置している。構成がよい。
○準佳作3　夏安居
●荒びたる瓦塀より沙羅の花
●夏安居の堂山影の被さり来
十句共、題名の「夏安居」に付かず離れず、距離間の取り方が見事である。纏まりのよい作品である。
○準佳作4　ブリキの金魚
●嫁ぎしは植田の風の吹く所
●灯を消して遠くよく見ゆ山桜
○準佳作5　終戦日
●月涼し棟を寄せ合ふ峡三戸
●かさかさと紙垂の音のみ終戦日
○準佳作6　元日の光
●ぐひぐひと呑み干す緑茶夏終る
○準佳作7　蚯蚓呟く
●薪窯に蚯蚓呟く華厳経
○準佳作8　城下町　津山
●用水の音を真下に柚子の花
○準佳作9　煙突の島
●沙魚釣りの海を乱して出港す
○準佳作10　僧遷化
●花合歓の明るさに会ふ家路かな

（文責・花房）

■川柳部門

先行き不透明な現在、色々な問題を抱えながらも令和五年度の岡山県文学選奨を継続していただき、関係者の皆様に敬意を表すと共に、お礼を申し上げます。

今年の応募総数は74名であり、数の多い少ないより、内容がいかにあるかが第一であると思う。

どうしても内容は、「老後」「健康」「孫」「年金」等が大半であり、応募者の高齢化は避けては通れぬ現実ではあるが、その中でも前向きに、明るく工夫しながら、一生懸命生きようとする姿勢が読み取れる作品があったことは、選者として嬉しいことであった。

今回の入選句は、「わが原風景」であった。二人の選者が期せずして一致したところは、驚きであると共に、いいものはいいと自信が持てた。

平易な言葉で現実を淡々と詠い、日常生活が垣間見えるようであり、そこに存在する人間としての触れ合いこそが何よりも大切であると描いてあるように思えた。誰でも理解できて、勇気と希望を与える句こそ、川柳の基本ではないかと考えさせられた。

『入選』「わが原風景」
朝日出て気がつく服の裏返し
ランドセル置けば戦力農繁期

準佳作には一句一句は素晴らしいものもあったが、十句にすると残念ながら、何処かインパクトに欠けていたように思う。

①『準佳作』「青い地球」
戸籍とか一族だとか国家とか

②『準佳作』「台風」
雷鳴の子等の不安を抱き寄せる

③『準佳作』「蟻」
ひたすらにただひたすらに蟻の列

④『準佳作』「宙へ」
ソレイユの笑顔　平和を敷きつめて

⑤『準佳作』「凧」
ストレスを丸ごと呑んだ草の波

⑥『準佳作』「明日もまた」
夕やけと語る明日のものがたり

⑦『準佳作』「生きる」
にんげんを煮詰める鍋が見当たらぬ

⑧『準佳作』「倖せ」
倖せは与え求めず感じ合う

⑨『準佳作』「内緒話」
足し算を増やして丸く生きてみる

⑩『準佳作』「造形」
一足す一が二になりかけたやっと

いい作品を選考させていただき「ありがとう」。

（文責・北川）

■童話・児童文学部門

今年の応募作品は、昨年と同じ十九点。童話七点、児童文学十二点でした。楽しんで書かれたであろう作品、子供たちへメッセージを届けたいという思いにあふれた作品、作者自身の生活がそのまま写し取られたような作品など、読めば書き手の姿が見えてきます。

審査基準は、ストーリーの完成度やオリジナリティー、子供を読者として想定できているかなどです。これらを基に考慮し、三作品を最終候補としました。

『えっちゃんの戦争』（十九枚）

昭和十五年の開戦から戦中、戦後までを、「モンペ」「お茶断ち」「帰還」など二十三編のエピソードで描いた作品。

戦争体験の記憶として語られるエピソードの数々は、確かな読み応えと説得力がありました。けれど、それらを並べるだけでは、物語として成立しません。中心となるものを一つか二つ選び、ふくらませる作業が必要です。

『魔法のほうきのしゅうり屋さん』（二十九枚）

しおりは、ほうきのしゅうり屋であるおじいちゃんのもとで勉強中。飛ばなくなった魔法のほうきを直そうと、奮闘する物語。

魔法のほうきに人気のブランドがあることや、ほうきの声を聴診器で聞くという発想がユニーク。ほうきを直す過程も、ていねいに描かれています。しかし、苦労の末に直せたことが、テーマとして生かされていません。しおりの心や行動の変化をわかりやすく書くことで、成長をテーマとした物語になります。

『ソラ、ゆうれい回収車《バス》に乗る』（三十枚）

小学生のソラがスクールバスと間違えて乗り込んだのは、「ゆうれい回収車《バス》」。この世に未練があるゆうれいたちを説得して回収する手伝いをする、というストーリー。

異世界への入り方は成功しており、回収したゆうれいが実はソラの曽祖父であったことなど、展開の工夫も見事でした。しかし、ソラについては低学年の要素があるにもかかわらず、随所で大人びてしまっています。ソラの学年を明確にし、その目線で語れば、行動や心理表現の不自然さが解消されるはずです。

以上の三作品を細かく吟味し検討した結果、いずれも例年の水準には及ばないと判断し、今年度の入選・佳作は該当なしとしました。

最終候補以外で印象に残ったのは、子供たちの二十年後までを描いた『スマイルをとりもどせ！』、人間と動物のやりとりがユーモラスな『ハトのシュガーは配達員』です。

物語の展開の仕方、テーマの描き方、キャラクターの描き方は、多くの応募作品に共通していた今後の課題です。実際に童話・児童文学を読んで、楽しみながら学んでいただきたいと思います。そして、より独創的な作品が生み出され、応募されることを願っています。

（文責・小野）

第21回　おかやま県民文化祭

第58回　岡山県文学選奨募集要項

1　趣　　旨　　県民の文芸創作活動を奨励し、もって豊かな県民文化の振興を図る。

2　主　　催　　岡山県、（公社）岡山県文化連盟、おかやま県民文化祭実行委員会

3　募集部門・賞・賞金等

募集部門（応募点数）	賞及び賞金
①　小説Ａ（一人１編） 原稿用紙80枚以内	入選　１名：15万円 （入選者がいない場合、佳作２名以内：各７万５千円）
②　小説Ｂ（一人１編） 原稿用紙30枚以内	入選各１名：10万円 （入選者がいない部門については、佳作２名以内：各５万円） ※準佳作：④現代詩は３名以内、⑤短歌、⑥俳句、⑦川柳は各10名以内
③　随　筆（一人１編） 原稿用紙10枚以上20枚以内	
④　現代詩（一人　３編１組）	
⑤　短　歌（一人　10首１組）	
⑥　俳　句（一人　10句１組）	
⑦　川　柳（一人　10句１組）	
⑧　童話・児童文学（一人１編） 童　　話（幼児～小学3年生向け）…原稿用紙10枚以内 児童文学（小学4年生以上向け）…原稿用紙30枚以内	

4　募集締切　　**令和５年８月31日（木）　当日消印有効**

※応募作品を直接持参する場合は、火曜日～土曜日の午前9時～午後5時の間、天神山文化プラザ３階の事務局で受け付ける。

5　結果発表　　**令和５年11月中旬（新聞紙上などで発表予定）**

※岡山県及び岡山県文化連盟のホームページに掲載する。
※審査の過程・結果についての問い合わせには応じない。
※入選・佳作作品及び準佳作作品については、作品集「岡山の文学」に収録する。（令和６年３月下旬発刊予定）

6　応募資格・応募規定等

応募資格	⑴**岡山県内在住・在学・在勤者（年齢不問）** ⑵**過去の入選者は、その入選部門には応募できない。** 平成２年度までの小説部門入選者は、小説Ａ、小説Ｂ、随筆のいずれにも応募できない。また、平成21年度までの小説Ｂ部門及び小説Ｂ・随筆部門の入選者は小説Ｂ、随筆に応募できない。
応募規定	⑴**日本語で書かれた未発表の創作作品であること。** 同人誌への発表作品も不可とする。ただし、小説Ａ、小説Ｂ、随筆部門については、令和４年９月１日から令和５年８月31日までの同人誌への発表作品は可とする。 ⑵**他の文学賞等へ同一作品を同時に応募することはできない。**

過去の優秀作品は下記のサイトをご覧下さい。

https://o-bunren.jp/okayamanobungaku

岡山の文学

― 令和５年度岡山県文学選奨作品集 ―

令和６年３月31日　発行

企画・発行　岡　山　県
おかやま県民文化祭実行委員会
事務局・公益社団法人　岡山県文化連盟
岡山市北区天神町8-54　岡山県天神山文化プラザ内(〒700-0814)
電話 086-234-2626
https://o-bunren.jp　Email bunkaren@o-bunren.jp

発　　売　吉備人出版
岡山市北区丸の内２丁目11-22(〒700-0823)
電話 086-235-3456
http://kibito.co.jp　Email books@kibito.co.jp

印　　刷　富士印刷株式会社
岡山市中区桑野516-3(〒702-8002)

ISBN978-4-86069-739-6　C0095
定価はカバーに表示してあります。乱丁・落丁はお取り替えいたします。